Silke Nowak

# Schneekind

Kriminalroman

triglyph

Ruprecht:

...

Von drauß' vom Walde komm ich her;
Ich muß euch sagen, es weihnachtet sehr!

...

Nun sprecht, wie ich's hierinnen find!
Sind's gute Kind, sind's böse Kind?

...

Vater:

Wie einer sündigt, so wird er gestraft;
Die Kinder sind schon alle brav.

(aus Theodor Storms Gedicht *Knecht Ruprecht*)

## 1. Kapitel

Es war der Morgen des 24. Dezembers. Ich hatte weder das Taxi gerufen noch die Angst, die vor der Tür bereits warteten, als wir auf die Auguststraße hinaustraten. Der Taxifahrer nickte mir zu, ein düsterer, greiser Mann. Alex reichte ihm meinen Koffer. Es war der altmodische Lederkoffer meiner Mutter, in dem ich als Kind gespielt hatte: Ich segle bis zur Nordsee davon. Der Koffer war schwer. Doch der Alte hob ihn mit einer Leichtigkeit in die Limousine, die mich überraschte. Dann fuhren wir los.

Wenigstens machte das Auto einen guten Eindruck; es war ein dunkler Mercedes, ein großes, neues Modell, das ich in Berlin noch nie als Taxi gesehen hatte. »Ich kenne die Stadt wie meine Westentasche«, versicherte der Fahrer auf Alex' Nachfrage, ob ihm der Weg zum Flughafen Tegel auch bekannt sei. Alex schien sich ebenfalls Sorgen zu machen. Doch der Fahrer hatte keine Schwierigkeiten im Straßenverkehr, er sprach auch keinen Dialekt, das Einzige, was ihm zu fehlen schien, war ein Zahn, als er mich im Rückspiegel angrinste.

»Wir nehmen die Chausseestraße, Müllerstraße, Seestraße, Saatwinkler Damm«, kam er Alex entgegen. »Ist das in Ordnung?«

»Aye, aye«, sagte Alex, der nicht gerne unhöflich wirkte. »Sie sind der Käpt'n.«

Der Himmel war grau und hing voller Wolken, im Radio spielten sie Musik. *I'm driving home for Christmas*, sang eine sanfte, beruhigende Männerstimme, doch als Alex meine Hand berührte, zuckte ich zusammen.

*Entspann dich, Anne.*

Besorgt blickte Alex mich an. Dann erhellte ein Lächeln sein Gesicht, das nicht eher verschwinden würde, bis er die Antwort erhielt: *Alles ist gut. Alles unter Kontrolle.* Ich lächelte zurück.

Wir fuhren die Chausseestraße hoch. Graue, heruntergekommene Häuser säumten unseren Weg. Die Weihnachtsbeleuchtung war noch nicht eingeschaltet. Man sah die Lämpchen und Kabel, die entlang der Fenster, Türen und Simse verliefen, vergilbte Plastikröhren, schmutzige Birnen. Ein Weihnachtsmann kletterte an einem Seil hoch in den dritten Stock.

Für viele Menschen war Weihnachten das schönste Fest des Jahres. Für mich bedeutete es einen Parcours-Lauf, der sich von Jahr zu Jahr in seiner Schwierigkeit steigerte: Es gab Düfte, Gewürze und Worte, die ich vermeiden musste, um nicht in Panik zu verfallen. Billiges Orangenöl gehörte dazu, der Geschmack von Nelken und Worte wie »Knabe« oder »finsterer Tann«. Letztlich kam es aber auf eine bestimmte Konstellation an, die nicht immer vorhersehbar war, was die Sache zusätzlich erschwerte. Vor allem aber gab es ein Lied.

Der Fahrer wechselte den Sender. Ich entspannte mich. Tschaikowski war ungefährlich.

Ein Lied, in dem jedes Wort wie eine dunkle, kalte Flüssigkeit in meinen Körper eindrang und ihn zu einem harten Klumpen erstarren ließ. Dieses Lied war die Essenz meiner Alpträume, das wusste ich. Doch ich wusste lange Zeit nicht, warum.

»Ein Kindheitstrauma«, sagte mein Therapeut Dr. Samuel Frey. »Ein Schock, der nicht verarbeitet werden konnte. Die Verdrängung ist derart stark, dass wir da allein über Gespräche nicht drankommen.«

An jedem anderen Tag des Jahres war ich ganz normal. Ich wage sogar zu behaupten, dass ich überdurchschnittlich beliebt war, zumal bei meinen Patientinnen, die immer wieder mein hohes Maß an Empathiefähigkeit rühmten: Wenn sie Schmerzen hatten, litt ich mit ihnen. Wenn sie vor Glück weinten, weinte ich mit ihnen. Überhaupt weine ich schnell.

Draußen am Leopoldplatz begannen die Vorbereitungen für den Weihnachtsmarkt. Jemand arrangierte rote Kerzen auf Tannenzweigen. Eine

Frau wärmte sich an einem Becher, aus dem es dampfte. Ich starrte auf die Kopflehne vor mir, in die ein Monitor eingelassen war. Werbung flakkerte über den Bildschirm: Julia Roberts bahnte sich in einem weißen Glitzerkleid den Weg durch eine dunkle Gesellschaft von vornehm gekleideten Menschen. *In einer Welt voller Zwänge und Konventionen – gäbe es einen anderen Weg?*, las ich, bevor der Flakon eingeblendet wurde: *La vie est belle. Lancôme.* Dann auf Deutsch: *Das Leben ist schön. Es liegt in Ihrer Hand.*

Ich schloss meine Augen.

»Du musst dich deiner Angst stellen«, riet mir Frey, der meinem Wunsch, uns zu duzen, nach anfänglichen Bedenken nachgegeben hatte. »Sonst wird es von Jahr zu Jahr schlimmer. Nimm die Einladung an! Begleite deinen Verlobten und feiere das Fest der Liebe!« Obwohl Frey seit dreißig Jahren in Berlin lebte, hörte man ihm die schweizerische Herkunft noch an. Vielleicht lag es am rauhen Timbre seiner Stimme, vielleicht an seiner Erfahrung als Psychotherapeut, dass es nicht kitschig klang, wenn er »Fest der Liebe« sagte.

*Fest der Liebe.* Kehlig tief sprach Frey es aus und jagte mir damit Schauder über den Rücken.

»Wenn du Angst vor einer Spinne hast, streichele eine. Wenn du Angst vor Höhe hast, tanze auf dem Eiffelturm. Und wenn du Angst vor

Weihnachten hast«, Frey machte eine bedeutende Pause, bevor er lächelnd hinzufügte: »dann feiere ein großes Fest.«

Ich öffnete die Augen. Wieder Parfumwerbung: Gwyneth Paltrow in einem schwarzen Kleid. *Boss Nuit pour Femme. Das wird Ihre Nacht.*

Ich blickte hinaus.

Am Westhafen bogen wir in den Saatwinkler Damm, der parallel zum Schifffahrtskanal entlang führt. Ein altes Schiff ankerte am Ufer, die Fenster und Türen waren verbarrikadiert. Es war festgezurrt im Hohenzollernkanal, und auch die Stadt, zu der wir uns auf den Weg machten, war von der Geschichte der Hohenzollern entscheidend bestimmt worden. Was ich nicht wusste, war, dass diese Stadt auch meine Geschichte entscheidend prägen sollte. Schon seit ich ein Kind war, interessierte ich mich für die Königshäuser Europas; wahrscheinlich, weil meine eigene Familie so überhaupt keinen Glanz hatte.

Mein Großvater väterlicherseits stand bei VW am Fließband, mein Vater dann in Zwickau, wo sie den Trabi produzierten; nur meine Mutter durfte in der DDR studieren, ohne es wirklich gewollt zu haben. Im Grunde ist die Geschichte meiner Familie gezeichnet von enttäuschter Liebe und Depressionen. Mit zehn Jahren wurde mir klar, dass meine Großmutter mütterlicherseits, die ich nie kennengelernt hatte, nicht aus Versehen über das Geländer des Fichteturms in Dresden gestürzt sein konnte; es war viel zu hoch. Doch ich ließ meine Mutter in dem Glauben, denn als Großmutter stürzte, war Mama erst acht Jahre alt; damals hieß der Fichteturm noch Bismarckturm. Ich lächelte Alex zu.

»Müssen Sie heute Nacht auch arbeiten?«, fragte Alex, der sich gern mit Taxifahrern unterhielt.

Berlin war hier draußen nicht mehr so dicht, Wiesen und unbebaute Flächen schoben sich ins Bild. Ich beobachtete einen schwarzen Vogel, der lange flatternd in der Luft stand, sich dann aber plötzlich hinabstürzte, als hätte er ein Opfer erblickt. Dabei war der Boden gefroren. Und er ernährte sich längst vom Müll der Großstadt.

»Das ist sicher auch nicht immer einfach«, hörte ich Alex.

Der Fahrer nahm eine scharfe Linkskurve. Dann sagte er: »Die meisten Menschen wollen in dieser Nacht gar nicht an ihr Ziel gelangen.«

Während sich Alex weiter unterhielt – »Haben Sie Philosophie studiert?« –, lehnte ich mich in dem Ledersitz zurück und schloss die Augen.

Ruckartig öffnete ich sie wieder. Etwas stimmte nicht. Ich starrte auf den Bildschirm.

*Hallo Anne. Heute ist Weihnachten. Erinnerst du dich an mich?*

Mein Herz raste. Langsam wurde ich also verrückt. Alex und der komische Alte unterhielten sich jetzt über Sport. Ich nahm meinen Schal und legte ihn über den Vordersitz. Zu meiner Erleichterung blieb es beim Herzklopfen. *Alles unter Kontrolle.*

*Hallo Anne ...* Woher wusste der Fahrer meinen Namen? Wer sonst hätte das auf den Bildschirm einspielen können? Wieder schielte ich zu den beiden Männern, wieder beachteten sie mich nicht.

*Pass auf. Dr. Alexander Marquard ist ...*

Nein. Schluss damit. Es gab nur eine Erklärung: Meine Phobie war in ein neues Stadium getreten. Ich musste das Frey erzählen. Bisher hatte ich immer nur körperliche Symptome wie Herzklopfen, Schweißausbrüche und Bauchkrämpfe gezeigt; dass ich halluzinierte, war neu.

Wieder schloss ich meine Augen.

Frey hatte recht. Es war höchste Zeit. Ich musste etwas dagegen tun, ich wollte mich nicht mehr verstecken müssen, ich wollte nicht mehr weglaufen, ich wollte dieses Fest feiern wie andere Menschen auch. Mit einem Weihnachtsbaum, mit Geschenken, Kerzen und Lichterketten an den Fenstern. Mit dem Duft von Tannenzweigen und mit Zimt. Mit glänzenden Augen. Mit einem Kind.

Ich tastete nach Alex' Hand. Sie war warm und schloss sich um meine. In diesem Augenblick hatte ich das untrügliche Gefühl, dass alles gut werden würde.

Ein Lastwagen hupte. Ich öffnete die Augen.

Der düstere Alte schaltete das Radio aus, dann einen Gang herunter, bevor er losraste. Der Lastwagenfahrer schüttelte den Kopf, als wir in einem gewagten Überholmanöver an ihm vorbeirasten.

Am Flughafen Tegel herrschte Hochbetrieb. Der Mercedes glitt die steile Kurve hinauf und kam lautlos vor der Haupthalle zum Stehen. Die Maschinen stiegen im 10-Minuten-Takt in die Luft, um die zerstreuten Familien noch rechtzeitig zum Fest zusammenzubringen. Die Taxis reihten sich aneinander, ein elfenbeinfarbenes nach dem anderen, zwischen denen unser schwarzes fremd hervorstach. Doch unser Fahrer schien bekannt zu sein. Die meisten Kollegen nickten ihm zu. Galant öffnete er mir die Tür. Alex hatte ihn bereits bezahlt, doch er schien auch von mir etwas zu erwarten. Verwirrt kramte ich in meiner Handtasche und gab ihm seinen Obolus.

»Ein frohes Fest«, rief er uns hinterher und lachte.

Ich drehte mich nicht um. Ich folgte Alex in die Haupthalle unter die riesige Anzeigetafel, um abermals Terminal und Check-in-Schalter zu überprüfen. Es war noch eine alte Fallblattanzeige. Als ich nach oben blickte, begannen sich die Blätter plötzlich zu drehen. Es erhob sich ein Rauschen wie von einem Vogelschwarm, der davonfliegt, rastlos und voller Sehnsucht. Als die Blättchen wieder stillstanden, rieb ich mir die Augen. Unser Flug war verschwunden, als wäre er gestrichen worden.

»Schalter acht«, sagte Alex und schritt mit dem Kofferwagen und dem Lächeln eines Menschen voran, der vom Schicksal begünstigt worden war. Das Flughafengebäude, dessen Form offenkundig von einer Bienenwabe inspiriert worden war, platzte aus allen Nähten, lange Schlangen hatten sich vor den Check-in-Schaltern gebildet und erschwerten den Durchgang. Doch die Wartenden machten Platz, sobald sie Alex sahen. Energisch schritt er auf sie zu; niemand beschwerte sich.

»Vielen Dank, danke, sehr freundlich«, hörte ich Alex seine Worte nach rechts und links verteilen wie Bonbons.

Die Menschen hatten ihre Weihnachtsgesichter aufgesetzt. In der Stadt trugen es viele bereits seit Wochen mit sich herum. Insgesamt unterschied ich drei Typen an Weihnachtsgesichtern: Das Modell »Kinderglück« hatte leuchtende Augen. Meist wurde es von Kindern getragen, die von innen heraus strahlten wie eine Pyramide aus Licht, die aus dem Paradies zu stammen schien oder aus dem Erzgebirge. Unter den Erwachsenen war das Modell »Weihnachtsfieber« verbreitet, eine Mischung aus Hektik und Vorfreude, Einkaufsliste und Gänsebraten, insgesamt harmlos und vorübergehend. Das Modell »Melancholie der Engel« gefiel mir besonders gut, weil es von schmerzhafter Erinnerung sprach, aber auch von Mut und dem Verlangen nach Glück. Für mich persönlich strebte ich dieses Modell an; mehr erhoffte ich gar nicht. Denn verglichen mit dem Modell, das ich seit fünfzehn Jahren trug, war es die reine Lebensfreude.

»Phobie natalis domini« nannte ich meine Störung scherzhaft, die Angst vor der Geburt des Herrn. Frey hatte auch schon von »Angsthysterie«, »Zwangsneurose« oder »Konversionshysterie« gesprochen, doch das war mir egal. Seit fünfzehn Jahren besuchte ich ihn zweimal die Woche in seiner Altbauwohnung in Charlottenburg, weil ich seine weißen Haare mochte, das geschnitzte Gesicht mit den warmen, dunklen Augen. Aber vor allem liebte ich seine Stimme, diese tiefe, kehlige Stimme, in die ich bereits ein kleines Vermögen investiert hatte. Meine Krankenkasse sah die Notwendigkeit einer Therapie schon lange nicht mehr als gegeben an; immerhin war ich voll arbeitsfähig, außer an Weihnachten. Ich war nur froh, dass Frey immer das Wort Neurose benutzte, wenn er über mich sprach und nicht das andere, das schlimmere Wort. Psychose.

»Warte«, flüsterte ich. Meine Stimme war leise, brüchig, doch Alexander hatte sie gehört. Sofort drehte er sich um. Inmitten der Betriebsamkeit des Flughafens lächelte er mich an, als gäbe es nur uns beide auf dieser Welt.

»Wir geben erst die Koffer ab«, rief er. »Komm.«

Verwirrt schaute ich mich um. Ich wusste nicht, warum ich ausgerechnet vor dem Laden stehengeblieben war, vor dem ein rot gekleideter Mann Süßigkeiten verteilte. Er hatte weiße, buschige Augenbrauen, er erinnerte mich an Frey, hypnotisiert starrte ich in sein Gesicht und suchte nach Anzeichen von Watte oder Klebstoff, doch seine Verkleidung war gut. Ich starrte ihn an und merkte nicht, wie sich das Gift in meinem Körper ausbreitete.

*Last Christmas I gave you my heart, but the very next day you gave it away…*

Ich hatte keine Chance. Als ich die Melodie bemerkte, die aus dem Lautsprecher direkt über dem Eingang kam, war es bereits zu spät. Meine Kehle schnürte sich zu. Der Weihnachtsmann reichte mir etwas, ein paar Leute lachten. Kalter Schweiß brach mir aus, etwas stach mir in den Rücken.

*This year, to save me from tears, I'll give it to someone special, special…*

Krampfartige Bauchschmerzen überfielen mich von einer Sekunde auf die andere. Panisch suchte ich die Umgebung ab, ich musste mich irgendwo hinsetzen, bevor ich in Ohnmacht fiel. Meine Hände verkrampften sich bereits zu Fäusten, hilflos hielt ich sie vor meine Ohren, um die Worte abzuwehren, die direkt aus der Hölle zu kommen schienen.

*Oooohhhh, oh oh baby ...*

»Anne? Alles in Ordnung?«

Alex war bei mir, er umfasste meine Handgelenke und zog sie sanft zu sich herab. Er lächelte. Seine blauen Augen suchten meine. Blaue, tiefe Augen, es tat so gut, in sein Gesicht zu sehen.

*A face on a lover with a fire in his heart ...*

Die Musik wurde leiser, schien es mir. Die Krämpfe verschwanden ebenso schnell, wie sie gekommen waren. Meine Muskeln entspannten sich, ich zitterte nur noch leicht. Als ich die rechte Faust öffnete, lag ein kleines Herz darin. Es war ein mit Schokolade überzogener Lebkuchen, der mir in diesem Moment wie ein Zeichen für die Kraft unserer Liebe vorkam. »Alles wird gut«, flüsterte Alex in mein Ohr. »Alles wird gut«, flüsterte er und küsste die Tränen von meiner Wange.

Alex wusste von meiner Angst, und er war stark genug, mit ihr umzugehen. Mitten im Flughafen zog er seine dunkelblaue Cabanjacke aus, und dann auch den Kaschmir-Pullover, unter dem er ein weißes Hemd trug. Er sah mich an, während er den Gurt meines Ledermantels löste; eine dünne Bluse war alles, was ich angezogen hatte. Jetzt verstand ich. Er sah, dass ich fror. Und tatsächlich war mir kalt. Ich tat ihm den Gefallen und zog seinen Pulli über, umständlich, damit meine Frisur nicht ruiniert wurde, und schlüpfte wieder in den Ledermantel. Schnell wurde mir wärmer, ich sah aber aus wie eine Presswurst.

»Ist es vorbei?«, fragte er, nahm das kleine Lebkuchenherz, das ich immer noch in meiner Hand hielt, und aß es auf.

»Mein kleines Herz«, lachte er. Das war typisch Alex. Er konnte unglaublich zärtlich sein und im nächsten Moment einen Witz machen, überhaupt fiel es ihm viel einfacher als mir, aus Stimmungen und Pullovern hinein und wieder hinaus zu gelangen.

»Dort geht es schneller«, sagte Alex und steuerte auf den Schalter der Ersten Klasse zu, obwohl wir Economy gebucht hatten. Beruflich flog er immer Business Class, und so vermochte er, sicheren Schritts auf die perfekt geschminkte Dame hinter dem Schalter zuzugehen. Allein die Vorstellung, an ihrem eisigen Lächeln abzuprallen, fand ich dermaßen unangenehm, dass ich lieber die Wartezeit in Kauf genommen hätte. »Deine Angst, abgewiesen zu werden, sitzt dermaßen tief, dass sie dich in ganz normalen Alltagssituationen behindert«, hörte ich Frey. Nach über zehn Jahren Therapie waren seine Kommentare längst zu einem festen Bestandteil meiner eigenen Gedankenwelt geworden, was Alex zu dem Vorschlag verleitet hatte, das Geld für die Sitzungen »gewinnbringender« in eine Eigentumswohnung zu investieren: »Wenn du ohnehin weißt, was er sagt.«

Es war schwierig, Alex zu erklären, dass es mir weniger um die Inhalte ging als um die Stimme und das Gefühl, in Frey einen Vertrauten gefunden zu haben, einen Mitwisser. Kein Begriff der Welt – schon gar nicht der der »Übertragung« – durfte mir dieses Gefühl zerstören. Ich und Frey, so schien es mir manchmal, wenn ich nach einer besonders intensiven Sitzung nach Hause kam, wir waren die Überlebenden eines Krieges, von dem außer uns niemand wusste.

»Gibst du mir deinen Ausweis?« Alex machte sich bereit. Vor uns stand nur noch eine ältere Dame, neben ihr ein süßes Mädchen, einmal Modell »Frohe Weihnachten« und einmal »Kinderglück«.

Ich reichte Alex meinen Ausweis und konzentrierte mich auf den Inhalt meiner Handtasche.

Alex und ich hatten uns ein Jahr zuvor im November kennengelernt. Er kam gerade von einer komplizierten Herzoperation, ich von einer anstrengenden Geburt. Dass es ausgerechnet der 11.11. war, nahmen wir als ein gutes Zeichen. Im darauffolgenden April zogen wir bereits zusammen und dann – wieder am 11.11. – hatten wir uns verlobt. Sechs Wochen war das jetzt her. Unsere Hochzeit war für das kommende Jahr geplant. Ich hatte Alex zu nichts gedrängt, vor allem nicht zu dem Besuch bei seiner Familie. Im Gegenteil: Den ganzen Advent über hatte mich Alex angefleht, über die Weihnachtsfeiertage doch mit zu seiner Familie zu kommen.

»Zweimal nach Stuttgart«, sagte er und schob die Personalausweise über den Schalter.

Die Dame betrachtete ihn mit Wohlgefallen. In seinem weißen Hemd und der dunkelblauen Jacke hätte er auch Pilot ihrer Fluggesellschaft sein können. Sie verzichtete sogar darauf, zu erwähnen, dass wir hier fehl am Platz waren.

Alex und ich hatten uns in Berlin kennengelernt, an der Charité, wo wir beide arbeiteten. Alex war Chirurg. Ich war Hebamme. Deshalb machte ich mir von Anfang an keine Illusionen: Es war für mich klar, dass Alex sich nur zwischen zwei stressigen Beziehungen bei mir erholen wollte. Hebammen waren nun mal eine ideale Projektionsfläche für Geborgenheit und Natürlichkeit. Dass Alex wirklich mich meinte, eine ganz normale, nicht besonders schlanke, nicht besonders sportliche, nicht besonders gut situierte Frau, das konnte ich mir lange nicht vorstellen.

»Ich liebe dich«, sagte Alex und reichte mir triumphierend meine Boardingkarte. Immer, wenn er besonders zufrieden war, sagte er: »Ich liebe dich.« Und das war oft.

Wie bei allen Menschen, die hart an sich arbeiteten, war auch meine Selbstwahrnehmung kritischer als die der anderen. Frey, der zudem ein talentierter Zeichner war, hatte einmal nach meiner Selbstbeschreibung ein Bild gemalt. Es kam eine dicke, unattraktive Frau dabei heraus mit einem Gesicht wie ein Mondkalb. In meiner Wohnung im Wedding, in der ich zehn Jahre gelebt hatte, bevor ich zu Alex in das Penthouse nach Mitte zog, näher an die Charité, hatte das Bild an meinem Kühlschrank gehangen. Immer wenn ich es sah, musste ich lachen.

Komplimente bekam ich meistens für meine braunen, langen, glatten Haare, die ich seit jeher im Mittelscheitel trug. »Unbewusst haben Sie dabei immer schon die perfekte Symmetrie Ihres Gesichts hervorgehoben«, erklärte mir die Frau bei der Typ-Beratung, die mir Nadine zum Geburtstag geschenkt hatte. »Den Mittelscheitel können wir lassen«, entschied sie, bevor sie sich daran machte, alles andere zu verändern.

»Sie sehen aus wie die Jungfrau Maria«, hatte mir einmal ein Mann gesagt, der zufällig im Petersdom neben mir stand und zuerst zur Decke und dann auf mich zeigte. Er hatte recht. Die Frau, die oben in der Kuppel schwebte, hatte ein breites, flächiges Gesicht. Das Gesicht eines Mondkalbs. In der Tat hatte ich bereits von verschiedenen Männern gehört, dass ich schön sei wie eine Madonna; von Männern, die mich nach kurzer Zeit wieder verlassen hatten.

Dass ich mittlerweile relativ entspannt mit meinem Körper und den Bildern der Schönheitsindustrie umging, war Freys Verdienst. Aber auch Frey konnte keine Wunder vollbringen: Meine Schenkel waren zu dick, von meinem Bauch ganz zu schweigen, die Hände zu groß und der Mund zu klein. Ich machte mir nichts vor. Es gab viele Frauen, die schöner, erfolgreicher und charmanter waren als ich. Aber vor allem gab es viele Frauen, die jünger waren als ich. Ich war 38 Jahre alt. Seit einiger Zeit färbte ich meine schönen Haare braun. Alex war 43. Seine Haare waren dunkelblond. Ich wusste, dass er Kinder wollte, das hatte er mir gleich in der ersten Nacht ins Ohr geflüstert. Warum also suchte er sich nicht einfach eine jüngere Frau?

Wie gesagt, ich habe lange gebraucht, um zu kapieren, dass Alex wirklich mich meinte.

Und dann kam der Antrag. Nie hätte ich gedacht, dass ich nochmal heiraten würde.

Meine erste Ehe ging ich im zarten Alter von zwanzig Jahren mit einem blassen Engländer ein. Auf dem Hochzeitsbild, das nur mich und ihn vor dem Standesamt zeigte, war sein Gesicht kaum zu erkennen, als wäre es überbelichtet. Wenn ich an Tim zurückdachte, sah ich das graue Meer von Le Havre, wo wir uns auf einer Fähre kennengelernt hatten. Als wir uns scheiden ließen, wir waren einfach noch zu jung gewesen, war ich gerade mal 25, ich schmiss ihm noch den Rucksack nach, den ich ihm geschenkt hatte, bevor er für immer aus meinem Leben verschwand. Kurz darauf schmiss ich mein Studium. Ich hatte fünf Semester Geschichte studiert, dann drei Semester Medizin, doch nach einem längeren Krankenhausaufenthalt aufgrund eines Magendurchbruchs war ich mir plötzlich sicher gewesen, Hebamme werden zu wollen.

Tim. Immer wieder verschwanden Menschen aus meinem Leben, ohne jemals wieder aufzutauchen. Papa.

Nach Tim kamen noch ein paar Beziehungen, die in der Regel nach einem halben Jahr scheiterten; meistens waren es, wie gesagt, die Männer, die mich verlassen hatten. »Aber du bist es, die sie dazu bringt, dich zu verlassen«, hatte Frey immer wieder versucht, mir einzureden. Vielleicht stimmte das sogar. Denn im Grunde meines Herzens war ich, bevor ich Alex traf, nicht mehr bereit für eine richtige Beziehung gewesen. Also hatte ich mich die Jahre zwischen 25 und 38 voll und ganz auf meinen Beruf konzentriert. Das Einzige, was ich ohne Abstriche von mir sagen konnte, war, dass ich eine gute Hebamme war. Mein Leben hatte aus Nacht- und Wochenendschichten bestanden – und plötzlich war ich 38.

»Die Schuhe bitte auch«, sagte der Mann an der Sicherheitskontrolle. Widerwillig befolgte ich seine Anweisung, denn ohne Schuhe sahen meine Beine noch kürzer aus, als sie ohnehin schon waren. Alex' Handgepäck war bereits durchleuchtet worden, doch etwas schien nicht in Ordnung zu sein.

»Ich bin Arzt«, hörte ich ihn sagen, als der Sicherheitsbeamte etwas betrachtete, das aussah wie eine Spritze, doch der Mann forderte Alex trotzdem auf, mitzukommen.

»Ich bin gleich wieder da, Schatz.« Alex lächelte mich an, während ich meine Arme ausbreitete. Ich nickte.

Als Scheidungskind hatte ich Weihnachten noch nie etwas abgewinnen können. Warum mir meine Eltern ausgerechnet an meinem fünften Geburtstag mitteilten, dass sie sich trennen würden, verstand ich bis heute nicht; seitdem konnte ich auch Geburtstagsfeiern nichts mehr abgewinnen. Kurz darauf flüchtete mein Vater in den Westen, wo er wieder geheiratet haben soll. Mama und ich zogen von Zwickau nach Dresden, wo sie ursprünglich herkam und wieder Arbeit fand. Eine Karte zum Geburtstag war alles, was mir von meinem Vater geblieben war. Pünktlich zu meinem achtzehnten Geburtstag stellte er die Briefe ein und mit ihnen die 50 Mark, die darin gelegen hatten. Ich habe den Schein jedes Jahr an meiner Geburtstagskerze angezündet, weil es mir Freude bereitet hatte, damit über meinen Vater und den ganzen Westen zu triumphieren. Als die Mauer 1989 fiel, habe ich das bereut.

»Stellen Sie Ihren Fuß bitte darauf«, sagte die Frau von der Sicherheitskontrolle und tastete meine Waden ab. Auch meine Waden waren zu dick.

»Den anderen Fuß bitte.« Die Frau sah mich gelangweilt an.

Natürlich lag es nahe, den Grund für meine Weihnachtsphobie in den ersten fünf Jahren meines Lebens zu vermuten. Deshalb hoffte Frey auch, die Erinnerung könnte zurückkommen, wenn ich nach all den Jahren wieder ein richtiges Weihnachtsfest feierte. Denn die letzten 33 Jahre hatte ich Weihnachten entweder alleine verbracht – im Bett – oder mit meiner Mutter in Dresden, die an Familienfesten meist Migräne vorgeschützt hatte, wo sie ihre Trauer meinte. War das vielleicht der Grund?

Ich zog meine Schuhe und den Gürtel wieder an. Alex war noch nicht wieder da. Zerstreut setzte ich mich auf einen freien Platz.

Mama. Meine Mutter arbeitete als Ingenieurin in einer großen Fabrik, in der die Maschinen niemals stillstehen durften, weil es dann ewig dauerte, bis sie wieder in Schwung kamen, wenn sie überhaupt wieder in Schwung kamen. Und deshalb arbeitete Mama zu unmöglichen Zeiten. Bis zu meinem 14. Geburtstag – da fiel dann die Mauer – war ich ein typisches Schlüsselkind der DDR, das seine Mutter eines Abends fragte, ob die im Westen eigentlich glücklicher seien als sie und ich. Ob man glücklich sei oder nicht, hatte Mama damals geantwortet, läge nicht am System, sondern in den Genen. Sie sah mich dabei an, als ob es beschlossene Sache sei, dass mir das gleiche Schicksal bevorstand wie ihr.

Ich starrte auf die weiße Tür, hinter der Alex verschwunden war. Was machten die nur so lange? Unruhig stand ich auf.

Im vorherigen Jahr war ich bei Mama in Dresden gewesen. Wir saßen in der Küche, ausdrücklich ohne Geschenke, und schwiegen uns an. Ihre Krebsdiagnose stand damals bereits im Raum, trotzdem hätte ich nicht gedacht, dass es danach so schnell gehen würde. Anfang Februar war sie bereits tot. Während des Essens haben wir kaum gesprochen. Selbst als mir Tränen über die Wangen liefen, ich erinnere mich noch genau an die rosafarbene Serviette, die von den Tropfen dunkelrot gesprenkelt wurde, sagte Mama nichts. Warum haben wir auch nie richtig miteinander geredet? Stumm wie zwei verletzte Tiere hatten wir beieinandergesessen und unsere Zeit vergeudet.

»Alex!«, schrie ich, als sich die Tür öffnete. Dann bemerkte ich den misstrauischen Blick des Sicherheitsbeamten und senkte meine Stimme: »Was war denn los?«

Alex verdrehte die Augen und deutete auf seinen Laptop: »Die dachten wohl, ich hätte Sprengstoff da drin.« Er lachte. »Ich liebe dich, Schatz«, sagte er, zog eine Zeitung aus seiner Laptoptasche und steuerte auf eine Sitzreihe am Gate zu, in der noch zwei freie Plätze waren.

»Ich muss nochmal kurz auf Toilette«, flüsterte ich.

Während ich meine Hände wusch, sah ich in den Spiegel. Meine Mutter blickte mich sorgenvoll daraus an. Außer der Veranlagung zum Unglücklichsein hinterließ sie mir ein Sparbuch mit 16.000 Euro und eine Kiste aus Holz, so groß wie ein handelsüblicher Umzugskarton. In diese Kiste hatte ihr ganzes Leben gepasst: Fotos, Briefe, ein bisschen Schmuck, mein erster Milchzahn und eine Mappe mit amtlichen Dokumenten. Als Mama starb, nahm ich mir ein paar Tage frei, ich saß in meinem alten Kinderzimmer, hörte die alten Lieder, betrachtete die alten Fotos, las die alten Briefe und Dokumente und konnte es einfach nicht fassen. Das intensive Gefühl der Verliebtheit, das ich zu dieser Zeit gerade mit Alex teilte, war mit einem Schlag zerstört; unsere Beziehung kam mir von einer Minute auf die andere vollkommen absurd vor. Also rief ich Alex an und sprach auf seinen Anrufbeantworter, dass es einfach keinen Wert mit uns habe. Es tue mir sehr leid. Danach schaltete ich mein Handy ab. Drei Tage später stand er auf dem Friedhof in Dresden – ich hatte keine Ahnung, wie er den Tag der Beerdigung herausgefunden hatte – und nahm mich in den Arm, als ich hemmungslos zu weinen begann.

»Frohe Weihnachten«, stand auf dem Display. Nachdem ich von der Toilette wieder zurück war, checkte ich mein Handy. Mit ungutem Gefühl blickte ich auf die SMS. Sie kam von Nadine. Nadine wusste, dass ich über Weihnachten mit Alex nach Stuttgart flog, und sie wusste natürlich von meiner Angst. Warum schrieb sie das? Ich schaltete mein Handy aus und kuschelte mich an Alex. Er legte seinen Arm um mich. So warteten wir auf den Einstieg.

Nadine war meine beste Freundin, zumindest hatte ich das jahrelang geglaubt. Denn seit ich mit Alex verlobt war, war etwas kaputt gegangen. Nadine war acht Jahre jünger als ich und sah aus wie ein Model; groß, blond, dünn. Was für einen Grund hätte sie schon, eifersüchtig zu sein? All die Jahre hatten wir so viel Schönes zusammen erlebt, bei schwierigen Geburten hatten wir versucht, einander zu helfen, zwei Mal im Jahr waren wir verreist, zum Beispiel nach Rom. Außer der Erinnerung an die »Ewige Stadt« teilten wir unsere Leidenschaft zum Yoga. Unsere Freundschaft hatte sich immer echt angefühlt, doch oft dachte ich, dass schon damals etwas nicht gestimmt haben konnte. Hatte sie es mir vielleicht doch übel genommen, dass alle Schwangeren immer zuerst bei mir anfragten, ob ich für den geplanten Geburtstermin noch frei war? Erst wenn ich ausgebucht war – in der Regel waren es sechs Monate im Voraus – gingen sie zu Nadine.

»Alex hat eine Schwäche für Hebammen«, sagte sie nur, als ich ihr von meiner ersten Nacht mit Alex erzählte, mit Fieber in den Augen und wund gebissenen Lippen. »Pass auf. Er hat hier schon mit jeder was gehabt«, fügte sie dann noch hinzu.

Es gab zwei Anlässe, zu denen ich mir die Lippen wundbiss: wenn ich mich stark konzentrierte oder – im Gegenteil – wenn ich mich ganz hingab.

*Pass auf.* Zuerst dachte ich, Nadine mache sich Sorgen. Um mich.

*Pass auf.* Doch sie wollte mich warnen. Vor ihm.

»Hast du damals eigentlich nicht mitgekriegt, warum Amanda ihre Stelle gekündigt hat? Wegen Dr. Alexander Marquard!« Höhnisch hatte sie den Namen ausgesprochen, als handelte es sich bei Alex um Dr. Mabuse. »Er hat Amanda regelrecht terrorisiert!« (»Aber Alex hat doch mit Amanda Schluss gemacht«, habe ich anfangs noch versucht, sie zu widerlegen, doch jedes Wort, das ich sagte, verdrehte sie ins Gegenteil.)

*Pass auf.* Viel zu spät merkte ich, dass sie mich tatsächlich warnen wollte. Vor ihrer Eifersucht – anders konnte ich mir ihr Verhalten wirklich nicht erklären.

»Findest du nicht, dass das alles ein bisschen schnell geht?«, fragte sie zum Beispiel, nachdem ich ihr von der Verlobung erzählt hatte. Ihr Blick war nicht so offen gewesen wie sonst, das Herz auf dem Cappuccino-Schaum hatte gefehlt, als sie mir die Tasse reichte.

»Schon komisch, dass das ausgerechnet passiert ist, als Alex dort war«, kommentierte sie die Geschichte mit der toten Hebamme aus Dresden, die noch keine zwei Wochen zurücklag. Im Bikram-Yoga, das Thermometer zeigte 39 Grad Celsius, wollte ich meinen Körper entgiften, doch Nadine trug mit ihren Bemerkungen zum Gegenteil bei: »Irgendetwas stimmt da nicht«, sagte sie, bevor sie sich in den Lotus-Sitz verabschiedete.

»Meine Damen und Herren, wir sind jetzt bereit zum Einstieg. Ich möchte zuerst die Passagiere der Kategorie A bitten …« Es war die Dame vom Erste-Klasse-Schalter, die in das Mikrophon sprach. Ihre Stimme war so glatt wie ihr Gesicht.

Die Poliklinik für Frauenheilkunde und Geburtshilfe des Universitätsklinikums Dresden hatte Alex knapp zwei Wochen zuvor zu einem Vortrag eingeladen; es war ausgerechnet Freitag, der 13. Dezember, gewesen. Beim anschließenden Empfang kam die 62-jährige Leiterin der Hebammen – sie hieß Daniela Wächter – ums Leben. Sie war grauenhaft erstickt. Mit blau angelaufenem Gesicht hatte sie sich immer wieder an den Hals gegriffen, doch alle Versuche und Wiederbelebungsmaßnahmen scheiterten. Ihr Todeskampf hatte etwa eine halbe Stunde gedauert.

Später fand man auf dem Dienstplan der Hebammen einen Zettel: *Wie einer sündigt, so wird er bestraft*, stand darauf. Ich hatte die arme Frau zwar nicht direkt gesehen, aber ich sah ihre Todesangst in den Gesichtern der Umstehenden gespiegelt, fortgesetzt und vervielfacht. Es war, als trommelte jemand von innen gegen die Fensterscheibe eines Aquariums, in dem er ertrinkt.

*Pass auf.* Alex und Nadine. Als ich Alex gestern Nacht auf Nadines Verhalten ansprach, meinte er, es könnte daran liegen, dass sie beide mal etwas miteinander gehabt hatten. Warum er das erst jetzt erzählte? Im Grunde sei ja nichts gewesen, nach ein paar Wochen habe man sich »in gegenseitigem Einvernehmen« getrennt, erzählte Alex. Langsam begann ich zu verstehen. Warum hatte Nadine auch nie etwas davon gesagt? Vielleicht hätte ich es ihr dann anders – behutsamer – beigebracht.

Ich musste mit ihr sprechen, sobald ich wieder in Berlin war.

Niemand durfte mein Glück beschmutzen. Das Schicksal hatte Alex und mich zusammengeführt; denn genau betrachtet war es so unwahrscheinlich wie ein Lottogewinn gewesen, dass ausgerechnet Alex meinen Weg gekreuzt hatte. Alexander war meine Chance auf ein besseres Leben – und ich würde sie ergreifen.

## 2. Kapitel: Der Mittag des 24. Dezembers

»Das ist phantastisch«, stammelte ich und blickte gebannt aus dem Fenster unseres Mietwagens.

Ich neigte nicht zu Übertreibungen. Nach den grauen Flächen in Berlin kam mir diese Landschaft geradezu irreal vor in ihrer Schönheit: Vor uns lag ein wildromantisches Tal, durch das die Donau floss, rechts erhob sich eine gewaltige Felsformation, auf der ein Schloss thronte, mächtig, würdevoll und sanft. Ich rieb mir die Augen. Die Sonne glitzerte auf dem weißen Schnee. Alexander hatte mit keinem Wort erwähnt, in welche Märchenkulisse er mich entführen würde.

»Was ist das für eine Stadt?«, fragte ich.

Vom Stuttgarter Flughafen aus waren wir anderthalb Stunden gefahren. Entgegen Alexanders Befürchtung waren die Straßen trocken gewesen, abgesehen von ein paar vereisten Flächen auf der Schwäbischen Alb.

»Das ist Sigmaringen. Meine Mutter stammt aus der Gegend.« Alexander steuerte den Wagen über eine Brücke in die andere Hälfte der Stadt. Unter uns floss die Donau. »Hier habe ich meine Kindheit verbracht. Nach Papas Ruhestand sind meine Eltern wieder hergezogen.«

Meine Mutter. Papa. Kindheit. Es war seltsam,

mit Alex hier zu sein. Obwohl in Berlin an jeder Ecke Denkmäler und Museen standen, war es im Grunde eine geschichtslose Stadt, zumindest für all diejenigen, die wie ich mit Anfang oder Mitte 20 in die Hauptstadt zogen. Die deutsche Geschichte mit ihren Kriegen und Verbrechen fühlte sich für mich, die ich nach Berlin kam, um zu vergessen, leicht an gegenüber der eigenen Biographie.

In Berlin habe ich Alex nie »Papa« sagen hören.

Ich presste mich in den warmen Autositz und versuchte, mich auf das zu konzentrieren, was ich sah: ein Einkaufszentrum, ein Billigschuhladen, ein Lebensmitteldiscounter, ein Drogeriemarkt. Gegenüber ein historisches Gebäude, davor ein paar Fahnen. Ein Bahnübergang. Ein kleines, gelbes Hexenhäuschen. Fachwerkhäuser. Dann sah ich wieder das Schloss, es türmte sich direkt vor uns in die Höhe.

»Wie alt ist das?«, fragte ich. Zum Teil, weil es mich interessierte, zum Teil, weil ich wusste, wie gern Alex über Geschichte referierte.

»So wie es jetzt dasteht, gute hundert Jahre«, fing er prompt an. »Urkundlich erwähnt wurde der Vorläufer – eine Burg – aber bereits im 11. Jahrhundert, und wahrscheinlich haben sogar schon die Römer auf diesem Felsen über der Donau residiert.« Alex hielt an einer Ampel. »Die

Hohenzollern zogen dann irgendwann im 16. Jahrhundert ein und machten aus der Burg ein Schloss. 1893 ist das Ganze wieder abgebrannt. Das Datum kennt hier jedes Kind«, sagte Alex und setzte den Blinker nach links. Die Durchfahrt zur historischen Altstadt war gesperrt, ich erkannte den Marktplatz und die Fußgängerzone. »Um 1900 wurde es im Stil des Historismus wieder aufgebaut. So steht es heute noch da«, fügte Alex hinzu und fuhr weiter.

Ich verrenkte mir den Hals, um noch mal einen Blick auf das Schloss zu werfen. »Warum hat es gebrannt?«

»Warum?« Alex zuckte mit den Achseln. »Mama hat mir immer nur erzählt, dass der Brand drei Tage gedauert habe, weil man das Wasser in Eimern aus der Donau hochtragen musste. Es gab damals zwar schon eine Feuerwehr, doch als die aus den Städten und Dörfern der Umgebung anrückte, stellte man fest, dass die Schläuche nicht zusammenpassten, weil die Kupplungen unterschiedlich waren.«

Plötzlich lachte Alex auf. »Manchmal schmückte Mama die Geschichte ein wenig aus und erzählte, dass es die Frauen mit ihren Kochtöpfen waren, die das Schloss am Ende retteten, weil die Männer drei Tage vergeblich versucht hätten, die Schläuche zusammenzustecken.«

Ich sah ihn von der Seite an. Er schien das amüsant zu finden.

»Ich bin gleich wieder da«, sagte Alex und verschwand in eine verwinkelte Gasse. Er hatte den Wagen am Rande der historischen Altstadt im Halteverbot geparkt, weil er noch schnell etwas erledigen wollte.

Ich klappte den Schminkspiegel herunter, legte Lipgloss nach und kaschierte die Augenringe. Ich traute Alex zu, dass er noch schnell ein Weihnachtsgeschenk für mich besorgte, obwohl wir abgemacht hatten, uns nichts zu schenken. Vorsorglich hatte ich ihm etwas eingepackt; auf dem Weg in die Charité war ich an einem improvisierten Straßenstand vorbeigekommen, an dem eine alte Frau bunte Winkekatzen verkauft hatte, Glücksbringer aus Japan. Die Frau erklärte mir, dass die unterschiedlichen Farben unterschiedliche Bedeutungen hätten; Weiß stehe für Reinheit, Grün für Erfolg bei der Arbeit, und Rot stärke die Liebe.

Nachdem ich mich für die rote Katze entschieden hatte, raunte die Alte, sie habe da noch etwas ganz Besonderes für mich: Sie zog ein Exemplar hervor, das identisch zu den anderen schien, aber doppelt so teuer war. Der Preis erkläre sich über das Geheimfach, in dem Platz für ein Aphrodisiakum sei, meinte sie und zwinkerte mir zu. Ich nickte. Ich nahm die teure Winkekatze.

*Maneki Neko* hießen sie in Japan; das gab die Alte mir zusammen mit dem Päckchen noch mit auf den Weg.

Alex kam mit einer Tüte und leuchtenden Augen zurück; er gehörte zu den wenigen Erwachsenen, die »Kinderglück« trugen.

»Wusstest du eigentlich«, fragte er, nachdem er eingestiegen war, »dass die schwäbischen Hohenzollern 1871 sogar das deutsche Kaiserhaus hervorgebracht haben?«

Alex strahlte, als hätte er selbst Anteil an der Geschichte gehabt. Dann beugte er sich zu mir, legte seine Hand in meinen Schoß und versuchte, mich zu küssen. Ich drehte den Kopf weg.

»Okay«, sagte er. »Dann war es eben die preußische Linie.«

»Das meine ich nicht.«

»Was ist?« Er schenkte mir einen prüfenden Blick.

»Ich habe Angst«, sagte ich wahrheitsgemäß.

»Vor was genau?«

Ich zuckte mit den Schultern. »Vielleicht ist es doch die Harmonie, der ich nicht standhalten kann?«

»Harmonie?« Alex ließ das Auto wieder an. »Da muss ich dich leider enttäuschen. Meine Familie ist weder perfekt noch harmonisch. Mein Bruder ist ein Junkie und mein Vater ein Tyrann.« Er lachte zufrieden. »Diese rundum glücklichen Bilderbuch-Familien sind doch nur Projektionen von euch Scheidungskindern«, fuhr er im Ton von Frey fort, zu dem er mich ein paar Mal in die Sitzung begleitet hatte.

Alexander stammte aus einer angesehenen Ärztefamilie. Bereits sein Großvater war Chefarzt und Leiter eines Forschungsinstituts gewesen. Auch sein Vater, Friedrich Marquard, hatte ein Krankenhaus geleitet und ein Standardwerk über Kardiotokografie verfasst, das zur Pflichtlektüre jedes Medizinstudenten und jeder Hebamme gehörte. Als Kardiotokograf bezeichneten wir einen Wehenschreiber. Auch ich hatte es mehr als einmal in der Hand gehabt.

»Ich bin das Gespenst der Harmonie«, kasperte Alex und steuerte den Wagen einen Berg hinauf.

Ich sah eine Villa und fragte mich, warum sie knallgelb gestrichen worden war. Ich sah einen kleinen Jungen vor dem geschmackvollen Aufgang stehen und fragte mich, ob er dort wohnte. Ich sah Alex von der Seite an und fragte mich plötzlich, wer er eigentlich war.

»Wie lange hast du hier gelebt?«

»Bis zur achten Klasse. Dann bekam Vater den Posten in Hamburg, und wir zogen um.«

»War das nicht schlimm für dich?«

Alexander zuckte mit den Schultern. »Ich komme überall klar.« Plötzlich nachdenklich fügte er hinzu: »Aber manchmal, wenn ich zurückkehre, spüre ich die Höhen und Tiefen dieser Landschaft.«

Seine rechte Hand wanderte meinen Schenkel nach oben. »Ich spüre sie in mir«, sagte er heiser. »Verstehst du, was ich meine?«

»Hm.« Ich spürte den Druck seiner Hand. Es wunderte mich, dass Alex so empfand. Ich kannte ihn als einen ausgeglichenen Menschen, der weder extreme Höhen noch Tiefen aufwies, geschweige denn Abgründe in sich trug.

Das Anwesen der Familie Marquard wurde von zwei Kameras bewacht. Ich sah ein Schild mit der Aufschrift *privat*, dann ein schmiedeeisernes Tor, das sich langsam öffnete, als wir darauf zufuhren. Die Kameras verfolgten unsere Ankunft. Alexander winkte übermütig hinein, während wir passierten. Der Weg teilte sich und führte kreisförmig auf ein Haus zu, dessen Anblick mir den Atem nahm.

»Hier wohnen deine Eltern?«, fragte ich ungläubig. Alexander hatte nichts dergleichen erwähnt.

Er lachte glücklich. »In der Tat wurde das Gebäude 1904 als Jagdschloss erbaut, hier in der Gegend nennt man es auch Schloss Albstein, aber ich finde die Bezeichnung reichlich übertrieben. Mit seinen 260 Quadratmetern ist das Haus kaum größer als unsere Wohnung in Berlin. Meine Eltern haben das Haus 2005 komplett saniert. Sie bezeichnen es übrigens als Landsitz.« Er löste seinen Gurt, das Warnsystem begann zu piepen. »Ich finde, das trifft es ganz gut.«

Das Gebäude hatte eine glatte, sandfarbene Fassade. Zuerst dachte ich, es seien die Zinnen, die mich irritierten, doch dann merkte ich, dass es der Turm war. Es war ein hoher und schmaler Turm, fast wie ein Schwanenhals.

*Schwanengesang.* Ich verscheuchte den Gedanken, indem ich eine entspannte Haltung einnahm, die mir mein Yoga-Lehrer für solche Situationen beigebracht hatte.

Als wir dicht an Schloss Albstein vorbeifuhren, blickte ich hoch. Der Turm schien zu wanken. Plötzlich kamen mir Zweifel an meinem Plan. Dachte ich wirklich, mich ausgerechnet hier von meinen Ängsten kurieren zu können? Ich hatte doch mittlerweile gelernt, mit meiner Weihnachtsphobie umzugehen, so schlimm war sie nun auch wieder nicht, ich zog mich am 24. einfach zurück, und das war's. Sollte ich nicht alles auf sich beruhen lassen? Doch es war ja längst zu spät.

Alex fuhr in einen Innenhof, der Schnee knirschte. Ein Stall, ein Nebengebäude und das Haupthaus zingelten uns ein. Noch während wir parkten, kam ein Mann mit einem Hund auf uns zugelaufen.

»Becky!« Der Hund sprang kläffend und schwanzwedelnd an Alex hoch.

Ich kannte mich mit Hunderassen nicht aus, doch ich wusste, dass Becky ein Beagle war. Sie hatte dasselbe Fell wie Gaston, der Hund, den Alex gehabt hatte, als ich ihn kennenlernte. Ich blickte sie an. Es waren dieselben weißen, braunen und schwarzen Flecken. Sie hatte auch dieselben Augen, sogar der schwarze Ring um das rechte Auge war gleich, der mich immer an einen Komiker erinnert hatte.

»Becky ist die Mama von Gaston«, bestätigte Alex meine Vermutung.

»O nein«, sagte ich und begann, Becky zu kraulen, die jetzt freudig zu mir übergewechselt war. »Das ist ja furchtbar. Ich meine ...«

Der Mann nickte. Er schien Bescheid zu wissen. War das Alex' Vater? Ich weiß nicht, warum ich zögerte. Ich erkannte die Ähnlichkeit und doch wieder nicht. Beide waren groß, und beide hatten ein scharfes, strukturiertes Gesicht mit markanten Augenbrauen. Doch dieser Mann war viel dunkler als Alex, sein Haar musste früher pechschwarz gewesen sein. Sein Blick war zugleich fest und scheu. Das Gesicht war verschlossen. Kaum vorstellbar, dass er einen Großteil seines Lebens damit verbracht hatte, mit Menschen umzugehen. Er erinnerte mich an einen Wolf.

»Das ist Karl Anton«, stellte Alex uns vor.

Erleichtert, dass sich die Begegnung mit Alex' Vater noch hinauszögerte, reichte ich ihm die Hand. Karl Anton sei nach dem letzten regierenden Fürsten von Hohenzollern-Sigmaringen benannt worden, bevor man 1849 die Macht an Preußen hatte abgeben müssen, erklärte mir Alex später. Als Kind habe Karl Anton zu einer der mächtigsten Familien in der Region gehört, bevor sein Vater nach einem Schicksalsschlag zu trinken begann und sich nicht mehr um das familieneigene Sägewerk kümmerte; die Mutter sei an einer Blutvergiftung gestorben, da war Karl Anton zehn Jahre alt gewesen. Zwei Jahre später wurde das Sägewerk geschlossen. Nur sein Doppelname und die Würde waren ihm geblieben.

»Ein alter Freund der Familie«, sagte Alex. Seit seiner Pensionierung kümmerte er sich um das Anwesen und die Pferde.

»Ein Tier gehört aufs Land«, war das Erste, was ich von Karl Anton hörte.

Ich nickte.

Gaston war gerade mal ein Jahr und zwei Monate alt gewesen, als er von der Dachterrasse unserer Penthouse-Wohnung in Berlin auf die Auguststraße hinabstürzte. Alex machte sich schreckliche Vorwürfe, weil er die Balkontür nicht richtig geschlossen hatte, als er die Wohnung verließ. Ich war nur froh, dass man Gaston bereits weggeschafft hatte, als ich abends nach Hause kam. Allein beim Gedanken an den Hund auf dem Straßenpflaster begann alles in mir zu schreien.

»Was ist denn da im Stall?«, frage ich. »Oder wird er nicht mehr genutzt?«

»Pferde«, antwortete Karl Anton.

»Pferde? Das ist ja toll. Ich liebe Pferde. Wie viele?«

»Zwei.«

»Ich wollte immer schon ein eigenes Pferd haben«, sprudelte es aus mir hervor. »Was sind es denn für welche?«

»Hannoveraner.« Karl Anton redete nicht viel. Er nahm Becky wieder an die Leine.

Am liebsten wäre ich gleich in den Stall gelaufen. Der Atem der Tiere und der Geruch von Stroh und Leder gaben mir seit jeher ein Gefühl der Geborgenheit.

Die Haustür öffnete sich.

»Alexander!«, rief eine Frau mit blonden Haaren, die ich sofort als seine Mutter erkannte. Doch nicht nur Alex' Gesicht hatte zu strahlen begonnen. Auch in Karl Antons verschlossene Miene war ein Lichtstrahl gefallen, als hätte sich eine innere Tür geöffnet.

Alex' Mutter war klein, aber in ihrem Gang lag eine große Kraft. Sie trug ein schwarzes Kleid und einen schmerzhaften Zug im Gesicht, der ihre ansonsten eher alltägliche Schönheit zu etwas Besonderem machte. Zu etwas Faszinierendem, wie ich fand. Ohne Rücksicht auf ihre feinen Schuhe kam sie über die matschige Einfahrt gelaufen, um ihren Sohn in die Arme zu schließen. Verlegen wandte ich den Blick ab; ich hatte Tränen in ihren Augen gesehen. Auch Karl Anton war wieder in seine Einsamkeit zurückgekehrt, bevor er sich mit einem stummen Nicken verabschiedete. Nach einem knappen »Bei Fuß« ließ sich Becky widerstandslos abführen. Ich blickte den beiden starr hinterher.

»Sag bitte Christa zu mir«, sagte Alex' Mutter, als wir im Flur standen. Unter dem Vorwand, sich um das Gepäck zu kümmern, hatte Alex uns allein gelassen.

»Ich freue mich wirklich, dass ihr euch verlobt habt«, versicherte sie. Weder ihre Stimme noch ihre Mimik gaben mir Anlass, an ihren Worten zu zweifeln: »Es ist so schön, dass du hier bist, Anne.«

Alex' Mutter hielt meine Hände in ihren und lächelte mich an. In ihren kleinen Händen wirkten meine größer und grober, als sie ohnehin schon waren; »Geburtszangen« nannte Alex sie zärtlich.

»Ich hoffe, die Fahrt war nicht allzu anstrengend?« Christas Augen hatten dasselbe Blau wie Alexanders. »Ich habe euch das Gästehaus hergerichtet, drüben im Nebengebäude, da seid ihr ungestört.« Sie sah mich an und fragte besorgt nach: »Das ist doch in Ordnung, oder?«

»Natürlich«, bestätigte ich und kämpfte gegen die Tränen, die mir vor Ergriffenheit in die Augen gestiegen waren. Christa war so gut zu mir.

»Es ist … wunderbar«, sagte ich.

Christa streichelte mir zärtlich über die Wange und nickte nur.

»Na komm, ich zeig dir erst mal das Haus«, sagte sie und hakte sich bei mir unter, als wären wir alte Freundinnen. Dankbar lächelte ich sie an.

*Seine Mutter wird wahrscheinlich alles tun, um euch auseinanderzubringen*, hatte Nadine gesagt. *Der bist du doch nicht gut genug.* Nadine machte mit ihrem Misstrauen mein Lächeln unsicher.

»Das ist das Vestibül«, sagte Christa. Wir standen in einem zweiten, weitaus größeren Flur. Ich fühlte mich wie im Innern einer riesigen Muschel: Alles war weiß und aus einem Guss. Selbst die Treppe ins Obergeschoss schien aus der Wand herauszuwachsen. Unzählige, in das Weiß eingelassene Lichtpunkte erleuchteten die Empfangshalle, in der es nichts zu sehen gab: keine Gemälde, keine Antiquitäten, keine Kronleuchter. Im

Grunde fehlte alles, was an Überschwänglichem aus Christas Augen sprach.

Der einzige Schmuck war ein schwarzer, großer Perserteppich. Träge wie ein Jaguar, der sich nur ausruht, lag er auf den weißen Fliesen.

»Ein Hochzeitsgeschenk«, kommentierte Christa meinen Blick und öffnete die erste der vier Türen. »Das ist das Wohnzimmer. Hier liegt das Gegenstück.«

Von einem dunklen Holzboden hob sich ein weißer Teppich ab, dasselbe Muster, dieselbe Größe, derselbe Glanz. Er war das Negativ des anderen.

»Wir haben die Teppiche zur Hochzeit bekommen, damals war ich gerade mal 22«, sagte Christa mit undurchdringlichem Gesichtsausdruck. »Ich habe den schwarzen bekommen, Friedrich den weißen.«

Sie nickte, bevor sie fortfuhr: »Damals fand ich das seltsam, doch heute weiß ich, es war richtig so. Es ist wie bei Yin und Yang.«

»Yin und Yang?« Ich sah sie aufmerksam an. »Das sind doch Symbole für das Männliche und Weibliche, oder? Für das Gute und das Böse?«

»Im Prinzip ja«, sagte sie und verfiel in den Ton von Menschen, die sich intensiv mit einer Sache beschäftigt haben. »Die chinesische Lehre ist jedoch ziemlich komplex.«

Christa begann, eine Decke neu zu arrangieren, und erklärte: »Yin und Yang sind Gegensätze rhythmischer Art, sie sind immer in Bewegung, einmal tritt das eine hervor, dann wieder das andere. Im Grunde ist es das Geheimnis jeder Schöpfung.« Sie nickte zufrieden.

»Es ist aber auch das Prinzip der ewigen Wiederkehr«, fügte sie plötzlich traurig hinzu.

»Ich bin jetzt 68«, lächelte sie zerstreut, »und frage mich, ob man am Ende wieder dort ankommt, von wo man aufbrach.«

Ich nickte höflich, obwohl ich nicht genau verstand, wovon sie sprach. Nur dass ihr Schmerz eine Ursache hatte, das verstand ich.

»Wie gesagt, alles ist in Bewegung ...«

»Davon halte ich gar nichts!«, lachte jemand hell.

Entgeistert starrte ich auf die strahlende Frau, die durch die Tür auf uns zukam. Sie trug ein helles, eng anliegendes Kleid mit einem tiefen Ausschnitt, der mit Glitzersteinen besetzt war, dazu dieses elfenhafte Lachen, das mich an etwas erinnerte, was ich vergessen hatte. Sie stellte sich hinter Christa und schlang beide Arme um sie.

»Gut ist gut, und böse bleibt böse«, sagte sie und funkelte mich aus ihren blauen Augen an, während sie Christa einen Kuss auf die Wange drückte. »Nur bei der Schönheit, das gebe ich zu, da hat man Gestaltungsmöglichkeiten.«

Wir lachten.

Sie reichte mir ihre Hand über Christa hinweg und sagte: »Ich bin Sylvia, Alex' Schwester. Freut mich sehr, dich kennenzulernen.«

Im Vergleich zu Sylvia wirkte Alex fast ein wenig provinziell, stellte ich zu meiner Beruhigung fest. Denn die mondäne Perfektion, die Sylvia ausstrahlte, ließ eine kalte, egoistische Persönlichkeit vermuten. Als sie erzählte, dass sie plastische Chirurgin sei, fühlte ich mich bestätigt und suchte ihr Gesicht nach Nähten, Löchern und Erhebungen ab. Doch ich fand nichts. Weder die Künstlichkeit ihrer glatten Stirn noch die Dekadenz ihres polierten Teints konnten ihre Schönheit schmälern. Sylvia war zeitlos schön wie ein Gemälde von Botticelli, wie der Aufgang der Sonne in den Bergen oder wie ihr Untergang über dem Meer. Als sie erzählte, dass sie – mit 41 Jahren – bereits ihre eigene Klinik am Bodensee eröffnet habe, dachte ich, sie sei zwar schön, aber etwas zu stark auf das Materialistische fixiert. Jeden Monat operiere sie dort Kinder, fuhr Sylvia fort, die in Kriegsgebieten entstellt worden seien. Unentgeltlich. Da war ich mir plötzlich nicht mehr so sicher, was den Materialismus betraf. Als sie dann noch erzählte, sie nehme sich so oft frei, wie sie nur könne, um nach Sigmaringen zu ihren Pferden zu fahren, hatte sie mich längst für sich eingenommen. Es waren also ihre Pferde, die im Stall standen.

Während Sylvia all das erzählte, starrte ich in eine Ecke des Wohnzimmers, in der sich im Halbdunkel ein Weihnachtsbaum verbarg. Das Ungetüm reichte bis unter die Decke und war üppig mit Kugeln in allen Größen und Farben geschmückt. Auf dem Kamin lagen ein paar Geschenke. Zu meiner Beruhigung stellte ich fest, dass der Anblick des Weihnachtszimmers nichts in mir auslöste.

Christa schloss die Tür wieder, als wären Sylvia und ich Kinder, denen man noch keinen Einblick ins Weihnachtszimmer geben durfte. Oder mein angespannter Blick hatte sie daran erinnert, was ihr Sohn am Telefon über seine Verlobte erzählte: »Anne hat leider ein Problem mit Weihnachten, nichts Schlimmes, aber sie fühlt sich nicht ganz wohl dabei, hat wahrscheinlich damit zu tun, dass ihre Eltern sich haben scheiden lassen.«

»Und das ist mein Reich.« Mit plötzlich verjüngten Zügen trat Christa über die Schwelle in einen Raum, in dem es brodelte und zischte, bunte, zum Teil grelle Farben, wuchernde Formen und Düfte versetzten mir anfangs einen Schock. Der Kontrast zu der Kargheit der anderen Räume war groß.

Wir befanden uns in der Küche. Sie war zur

Hälfte mit einer U-förmigen Einbauküche verkleidet, in deren Mitte eine Früh und ein Holztisch standen. An der Wand hing ein Teller mit dem Schloss der Hohenzollern, daneben orientalische Fliesen und ein Kalender mit kleinen Kätzchen. Sogar Puppen saßen auf einem Regal und tranken mit großen Augen Tee.

Auf der anderen Seite schloss sich ein Gewächshaus an, von dem nicht abzusehen war, wie groß es war. Palmen und Orangenbäume versperrten die Sicht.

»Ein Gewächshaus?«, fragte ich beeindruckt.

Christa nickte und begab sich routiniert an den Herd, auf dem sie das Abendessen vorzubereiten schien. Hedwig, die 73-jährige Haushaltshilfe, die dreimal die Woche kam, habe über die Feiertage freibekommen, erklärte Christa.

»Mama ist eine alte Kräuterhexe«, hörte ich Sylvia.

Ich stand vor einem alten Apothekenregal aus Mahagoni. In den Flaschen und Schubfächern befanden sich mehr als einhundert verschiedene Gewürze und Teesorten, alle liebevoll beschriftet und mit einem Foto der Pflanze beklebt, von der die Blätter oder Samen stammten.

»Sie macht sogar ihre Hautcreme selbst«, hörte ich Sylvia wieder. »Die Marmelade sowieso. Probier' mal.«

Sylvia stand hinter der Kücheninsel, auf der sich Weihnachtsplätzchen in allen Produktionsstadien befanden: Fertige lagen auf einem Gitter, halbfertige auf einem Blech, daneben lag ein Klumpen Mürbeteig. Auf dem Gasherd standen zwei blank polierte Kupfertöpfe. In dem einem schien die Marmelade zu köcheln, von der Sylvia gesprochen hatte, in dem anderen eine Art Brei. Sylvia streckte mir einen Löffel entgegen.

»Lecker«, bestätigte ich.

Der Brei war eine Butter-Zucker-Masse mit Nüssen und noch lauwarm. Sylvia schob sich bereits den vierten Löffel davon in den Mund. Es war ungerecht, dass die schlankesten Frauen essen konnten, was sie wollten. Bei mir schlug jeder Bissen sofort an.

»Jetzt reicht es aber«, rief Christa mit gespielter Entrüstung, während sie einen Braten mit Senf einpinselte. »Macht lieber mal die anderen fertig.«

Sylvia strich folgsam den Mürbeteig auf das Blech, dann die Marmelade und zuletzt die Butter-Zucker-Nuss-Masse.

»Was ist das für eine Marmelade?«, fragte ich und spielte mit einem Kern, der irgendwo gelegen hatte.

»Wildaprikosen«, antwortete Sylvia, da Christa mich nicht gehört zu haben schien. »Mama züchtet sie selbst.« Sie zeigte zum Gewächshaus und reichte mir ein fertiges Plätzchen.

»Köstlich«, sagte ich. Der bittere Beigeschmack ergänzte das Süße ideal.

Sylvia und ich saßen im grünen Salon, der seinen Namen von dem Jugendstil-Kachelofen erhalten hatte, der in der Mitte stand. Friedrich wolle noch etwas in der Stadt besorgen, eigentlich müsse er längst wieder zurück sein, hatte Christa erklärt, bevor sie sich selbst entschuldigte – sie müsse noch kochen.

Wo war eigentlich Alex?

»Ein Fünfeckofen mit Medaillon, eine absolute Seltenheit«, sagte Sylvia und streichelte über die gelb-grüne Glasur. Ihre Fingernägel waren dunkelrot lackiert.

»Papa wollte ihn ja zuerst rauswerfen«, fügte sie hinzu und sah mich an: »Aber Mama hat für diesen Ofen gekämpft, als ging es um ihr Leben.«

Nachdenklich trat ich ans Fenster. Über dem Garten lag eine dicke Schneeschicht, sie bedeckte die kugelförmigen Sträucher, das Dach eines Pavillons und den Rand eines Brunnens. Es war klirrend kalt. Man sah dem Schnee nicht an, dass seine Oberfläche hart war wie die einer Crème brûlée. Irgendwo hatte ich mal gelesen, wie jemand in einem Sessel saß und draußen um ihn herum alles im Schnee versank, es schneite unaufhörlich. Es sollte ein Bild für das Jenseits sein, für den Frieden, den man gefunden hatte.

In Berlin fiel der Schnee meist schon dreckig vom Himmel. In Berlin, wo ich meine Arbeit hatte, beschäftigte mich das Jenseits nicht. Hier war der Schnee rein und weiß, nur wenn man genau hinsah, konnte man erkennen, dass ein noch zartes Blau wie Nebel aus ihm aufstieg, das in nur wenigen Stunden zu etwas Finstrem anwachsen und den Himmel verdunkeln würde.

Draußen waren Stimmen zu hören. Meine Hände wurden feucht.

»Deine Eltern haben sich hier ein kleines Paradies geschaffen«, sagte ich und wendete mich Sylvia wieder zu.

»Paradiese sind bekanntlich trügerisch.« Sylvia saß auf einem roten Barocksessel und blätterte in einer Zeitschrift; es war ein Hochzeitsmagazin mit Brautkleidern, die Christa für mich gekauft hatte.

»Was meinst du damit?«, fragte ich. Draußen erkannte ich Alex' Stimme, die von einer zweiten männlichen Stimme begleitet wurde.

»Womit?«

»Mit dem Trügerischen.«

»Nichts Besonderes.« Sylvia blätterte ohne aufzusehen um. »Ist bloß so ein dummer Spruch.«

»Liebst du deinen Vater eigentlich?«

Überrascht ließ sie die Zeitschrift in ihren Schoß sinken.

»Alex meint, Friedrich sei ein Tyrann«, erklärte ich meine Frage.

»Ein Tyrann?«

Sylvia hatte wache Augen, denen nichts entgangen war, auch nicht meine Sehnsucht nach Schnee.

»Alex ist doch selber einer«, lachte sie hell.

»Alex hat mir erzählt«, fuhr sie plötzlich ernst fort, geradezu sanft, weil sie meine Beklemmung bemerkt haben musste, »dass du, wie soll ich sagen, nicht so gerne Weihnachten feierst.«

Ich nickte schwach. Wie konnte ich auch nur annehmen, dass Alex das für sich behalten hatte? Mein Blick ruhte auf Sylvias Fuß, einer ihrer Schuhe war auf das Parkett geglitten, eine hauchdünne Naht spannte sich über ihre Zehen.

»Hat das wirklich was mit deinem Vater zu tun?«

Ich musste blass geworden sein. Denn Sylvia schlug sich die Hand vor den Mund und sagte: »Entschuldigung, ich wollte nicht indiskret sein.«

»Nein, ist schon okay.«

»Kannst du dich überhaupt noch an ihn erinnern?«

Ich schüttelte den Kopf. »Ich habe ihn nicht mehr gesehen, seit ich fünf war. Er ist damals in den Westen rüber.«

»Mistkerl.«

Ich nickte wieder. An alles, was vor meinem fünften Geburtstag lag, konnte ich mich kaum erinnern. Ich würde meinen Vater nicht mehr erkennen, selbst wenn er eines Tages vor mir stand. Auf meine Frage, warum keine Fotos aus dieser Zeit existierten, hatte meine Mutter nur zögerlich geantwortet; man habe damals noch nicht so viel fotografiert wie heute.

Ich hörte Schritte. Schwere Schritte. Sie kamen näher.

Instinktiv drehte ich mich dem Garten zu, diesem Ort des Friedens, um gegen die Panik anzukämpfen, die in mir aufzusteigen drohte. Mein Bauch krampfte sich zusammen. »Weil du deinen eigenen Vater nie kennengelernt hast«, raunte die Stimme von Frey in meinem Kopf. »Dann wird das Bild übermächtig.«

Meine Hände waren schweißnass. Ich hörte, wie jemand den Raum betrat.

»Hallo die Damen«, polterte eine Stimme.

Langsam wie eine Marionette, die einen Befehl ausführt, drehte ich mich um. Alex' Vater kam mit ausgebreiteten Armen auf mich zu.

## 3. Kapitel: Der Abend des 24. Dezembers

»Das ist eine schreckliche Geschichte«, sagte Friedrich. »Die arme Frau.«

Wir saßen an einer langen, festlich geschmückten Tafel im sogenannten »Wintergarten«, der bei besonderen Anlässen als Esszimmer genutzt wurde. Der Tisch war für sechs Personen gedeckt. Wir waren zu fünft.

An den Längsseiten saßen Christa und Sylvia, gegenüber hatten Alex und ich Platz genommen. Am Kopfende saß Alex' Vater, gegenüber war für Hendrik gedeckt, Alexanders Bruder. Als er um 19 Uhr immer noch nicht erschienen war, hatte Christa entschieden, dass wir einfach schon mal anfingen. Wenigstens anrufen hätte er ja können, meinte Friedrich, doch damit war das Thema erledigt, vorerst zumindest.

Christa hatte sich bei der Dekoration auf die Farben Weiß und Silber konzentriert, stellte ich dankbar fest und fragte mich, ob sie wusste, dass ich Gold und Rot nicht ertragen konnte. Der Tisch sah aus wie der Traum einer Schneekönigin: Silbernes Besteck, silberne Kandelaber, silberne Kugeln und Elche, dazu weiße Servietten, Kerzen und viel Kristall. Christa trug ein dunkelgrünes Kostüm, ich das rote Wickelkleid, das Alex so sehr mochte, nur Sylvia war mit großer Abendgarderobe aufgefahren, ein bodenlanges, schwarzes, asymmetrisches Kleid, bei dem die linke Schulter frei blieb.

Wir hatten gerade mit der Vorspeise begonnen – eine Terrine von der Gänseleber im Baumkuchenmantel –, als Friedrich mit dem Thema anfing: »Und die Kriminalpolizei weiß immer noch nicht, woran genau sie gestorben ist?«

»Möchte noch jemand von dem Wein?« Christa deutete auf die Flasche Weißwein, die in einem silbernen Kübel lag.

»Danke«, sagte Sylvia. »Er schmeckt vorzüglich.«

»Wirklich sehr gut«, sekundierte ich.

»Was ist mit dem pathologischen Bericht?« Friedrich beharrte auf dem Thema. »Der müsste doch längst fertig sein.«

Alex' Vater hatte die Ausstrahlung eines Kirchenmannes. Nicht die eines Mönchs, der gemütlich Wein trinkt, sondern die eines Kardinals, der mit zusammengepressten Lippen und Händen weitreichende Entscheidungen fällt. Sein Gesicht war streng, seine Figur diszipliniert. Üppig waren nur seine Ohrläppchen, die auffallend dick herabhingen. Ich hatte einmal gelesen, dass Menschen mit großen Ohrläppchen eine Veranlagung zum Bösen hätten. Immer, wenn sich die Gelegenheit bot, starrte ich ihn an.

»Vielleicht liegt der Bericht ja auch mittlerweile vor«, sagte Alex. »Ich frage da nicht jeden Tag nach. Letzten Freitag meinte Achim auf jeden Fall, sie wüssten noch nichts.«

Friedrich lächelte mir zu, als er meinen Blick bemerkte. Ich wurde rot.

»Die müssen doch irgendeine Spur haben?«, sagte Sylvia und reichte den Brotkorb herum. »Das Brot ist übrigens köstlich, Mama«, fügte sie hinzu.

»Das stimmt«, bestätigte ich. Ich hatte schon seit Ewigkeiten kein so gutes selbstgebackenes Brot mehr gegessen.

»Die Dresdner Kriminalpolizei scheint sehr gut zu sein«, sagte Alex, nahm ein Brot und biss hinein.

Ich wusste, dass er gleich die Theorie erläutern würde, an die ich nicht glaubte. Alex schien eher nach seiner Mutter zu gehen, stellte ich fest, denn obwohl er dunkelblond war, kam er mir im Vergleich zu seinem Vater vor wie ein rassiger Südeuropäer. Friedrich kam ursprünglich aus Frankfurt, hatte er mir heute Mittag bereits berichtet, er sei damals nur zum Studium nach Tübingen gekommen, weil die medizinische Fakultät einen sehr guten Ruf genoss – den besten Deutschlands, hatte er hinzugefügt. Dann habe er Christa kennengelernt.

»Frau Wächter«, sagte Alex, und zum ersten

Mal bemerkte ich den spitzen Ton, mit dem er ihren Namen aussprach, »Frau Wächter befand sich anscheinend in großen finanziellen Schwierigkeiten. Fast 50.000 Euro sei sie in den Miesen gewesen, hat die Polizei herausgefunden, frag mich aber nicht, warum.«

Friedrich wollte etwas einwenden, doch Alex redete weiter: »Bei den Ermittlungen stellte sich heraus, dass Frau Wächter vor sechs Jahren schon mal versucht hatte, sich auf spektakuläre Weise das Leben zu nehmen. Mit Sandsäcken an den Füßen sprang sie in die Elbe, doch jemand hat sie beobachtet und gerettet. Deshalb hält die Polizei auch dieses Mal einen theatralischen Suizid für möglich. Die Frau könnte den Zettel ja selbst geschrieben haben, anscheinend gibt es Menschen, die noch den eigenen Tod dazu nutzen, anderen eins auszuwischen.«

»Ein Suizid?« Sylvia pfiff durch die Zähne. »Aber ausgerechnet so grausam? Ersticken ist keine schöne Todesart, warum hat sie nicht einfach Schlaftabletten…?«

»Bitte, Sylvia, das gehört nun wirklich nicht hierher«, sagte Christa.

»Suizid!« Friedrich sah empört aus. »So etwas hätte Dani nie getan.«

Ich hielt die Luft an.

*Dani?* Es herrschte eisiges Schweigen am Tisch.

»Noch etwas Wein?«, fragte Christa. Sie hielt die grüne Flasche in ihrer kleinen Hand. Ich sah ihre Fingerknöchel weiß hervortreten.

»Natürlich habe ich sie gekannt«, sagte Friedrich. »Ich war ja fast vierzehn Jahre Chefarzt an der Frauenklinik in Dresden.« Er sah zu seiner Frau hinüber. »Wir haben sie beide gekannt, nicht wahr, Christa?«

Christa war aufgestanden, den Stapel mit den leeren Tellern in Händen, doch als ihr Name fiel, setzte sie sich wieder. Sie sah blass aus.

»Daniela«, nickte sie.

»Leider mussten wir früher abreisen, sonst wären wir natürlich zu deinem Vortrag geblieben, Alexander«, sagte Friedrich.

Ich starrte Alex verwirrt an. Er untersuchte einen Elch auf seine Echtheit.

»Sie waren am 13. also auch in Dresden?«, fragte ich mit trockenem Mund.

»Nur zwei Tage«, wiegelte Christa ab.

»Daniela Wächter war eine äußerst hilfsbereite Person«, sagte Friedrich und tupfte mit der Stoffserviette über seinen Mund. »Sie hatte es nicht immer leicht im Leben, das arme Ding, das muss man sagen. Als ich '93 nach Dresden kam, war sie noch nicht Leiterin, aber sie war schon damals eine sehr tüchtige Hebamme.«

Friedrich hielt inne, als erinnerte er sich an etwas: »Dani hat eigentlich schon immer einen tollen Job gemacht.«

»Ich mochte sie nie«, sagte Christa plötzlich. Ihr Gesicht zeigte einen schmerzhaften Zug.

»Kann ich verstehen.« Sylvia lachte, und es klang wie ein Seufzer.

»Frau Wächter ist uns vor allem deshalb ein Begriff«, räusperte sich Alex jetzt und mied meinen Blick, »weil sie meiner Mutter mal einen Brief geschrieben hat.«

»Ach komm«, wehrte Christa ab. »Das gehört jetzt nicht hierher.«

»Tut mir leid, Mama«, sagte Alex sanft. »Aber ich denke, ich bin Anne eine Erklärung schuldig.«

Er sah mich an mit seinem süßen Das-tut-mir-leid-Blick: »Das Ganze ist schon ewig her, zehn Jahre mindestens, der Name war mir überhaupt nicht mehr geläufig, und als Mama mich am Telefon darauf hinwies, dass es sich bei dieser Frau um *jene* Wächter handelte, wollte ich die alte Geschichte nicht wieder ausgraben.«

»Was hatte sie eigentlich nochmal genau geschrieben?« Alex sah seine Mutter an. »Stimmt. Dass es ihr nicht leicht falle, diesen Brief zu schreiben, aber sie halte es für ihre Pflicht, sich zu erklären.« Er lachte höhnisch: »Pflicht!«

Im Grunde wusste ich längst, was dann kam:

»Frau Wächter hat behauptet, eine Affäre mit Papa gehabt zu haben«, bestätigte Alex meine Vermutung. Dann trank er den Rest Weißwein in einem Schluck. »Pflicht! Zum Schutze der Patienten und Familien.« Er schüttelte den Kopf und lachte wieder. »Hat sie es nicht so formuliert?«

»Das mit dem Brief stimmt«, sagte Christa verlegen. »Aber die Anschuldigungen stellten sich als haltlos heraus.«

»Daniela war kinderlos und unverheiratet«, stellte Friedrich mit zusammengepressten Lippen fest. »Letztlich hat sie mir immer leidgetan.«

»Frau Wächter pflegte Ranküne«, sagte Christa, nahm die Teller und entglitt in die Küche.

Der Hauptgang wurde serviert: »Medaillon vom Reh in Johannisbeersoße mit Wirsing«, kündigte Christa an, während sie zwei dampfende Teller hereintrug. Sylvia betrat nach ihr den Wintergarten, beschwert mit einer Schüssel Spätzle und einer Melancholie, die mir zuvor nicht aufgefallen war. Sie schien sich Sorgen zu machen.

»Die Spätzle sind übrigens selbstgemacht.« Christa deutete auf die dampfende Schüssel. »Davon nehmt ihr euch bitte selbst.«

Auch die Gläser hatten gewechselt. Anstelle von Weißwein stießen wir jetzt mit Rotem an:

»Auf einen schönen Abend!«, sagte Alex.

»Prost!« Sylvia und ich lächelten uns zu.

»Auf uns!«, sagte Friedrich.

Man prostete sich zu. Auch Christa. Doch ihre Hand zitterte so sehr, dass sie es schnell an die Lippen ansetzte, um Halt zu gewinnen.

Eine Zeitlang war nur das Klappern von Besteck zu hören. Das Reh schmeckte vorzüglich, Christa war eine ausgezeichnete Köchin. Wir aßen schweigend, etwas drückte die Stimmung, als hätte auf dem Stuhl, der immer noch frei am anderen Kopfende stand, Daniela Wächter Platz genommen.

»An was ist sie eigentlich erstickt?«

Mit dieser Frage brach Christa das Eis, vielleicht war ihre Erlaubnis nötig gewesen, darüber sprechen zu dürfen. Vielleicht lag es auch an dem Wein, dass wir plötzlich lockerer mit dem Thema umgingen.

»An ihrem Schweigen bestimmt nicht«, sagte Sylvia, und man lachte.

»*Atemstillstand ohne äußere Einwirkungen* bedeutet«, sagte Alex, »dass kein Fremdkörper ihre Lunge oder Atemwege blockiert hat.«

Er schnitt konzentriert ein Stück Reh klein, als handelte es sich um einen chirurgischen Eingriff. »Solch eine Atemlähmung kann zwei Ursachen haben: Etwas hindert die Erythrozyten daran, genügend Sauerstoff aufnehmen zu können, oder« – er hob die Gabel vor den Mund – »etwas blockiert die intrazelluläre Atmungskette.«

»Darunter kann ich mir leider gar nichts vorstellen«, Christa lächelte mir zu: »Immer dieses Jägerlatein.«

»Erythrozyten sind doch die roten Blutkörperchen, die den Sauerstoff transportieren, oder?«, fragte ich, um mich mit Christa zu solidarisieren.

Alex nickte kauend: »Sie bestehen zum Großteil aus Hämoglobin.«

»Gift«, sagte Sylvia mit glänzenden Augen. »So etwas kann nur Gift. Nehmen wir mal Kohlenmonoxid, das vielleicht bekannteste Blutgift. Kohlenmonoxid hat eine zwei- bis dreihundertfach stärkere Bindung an Hämoglobin als Sauerstoff. Wird man damit vergiftet, sind die Erythrozyten besetzt und können keinen Sauerstoff mehr transportieren.«

»Kohlenmonoxid ist ein Gas«, sagte Friedrich und schüttelte den Kopf. »Wenn jemand Gas in die Aula gepumpt hätte, wären alle daran gestorben.«

»Das war doch nur ein Beispiel«, sagte Sylvia nachsichtig. »Außerdem stimmt das nicht. Je nachdem, wie hoch die Konzentration von Kohlenmonoxid in der Luft ist, stirbt man nach einer Minute – oder auch erst nach zwei Stunden. Jemand hätte Daniela also schon vor dem Vortrag vergiften können.«

Alex schwenkte sein Glas Wein.

Friedrich schüttelte den Kopf. »Kohlenmonoxid kann man ganz einfach nachweisen. Das würde dem Labor nicht solche Probleme bereiten.«

»Es war nur ein Beispiel, Papa!« Sylvia drehte ihren Kopf dem Vater zu. Ihre blonden Haare waren zu einer gekonnten Banane hochgesteckt. »Ich tippe ohnehin auf ein Zellgift.« Sie sah wieder ihre Mutter an. »Der Sauerstoff kann dann noch bis zur Zelle transportiert werden, aber das Zellgift verhindert, dass er dort verarbeitet werden kann.«

»Zum Beispiel Blausäure«, sagte Friedrich.

»Blausäure? Das kennt man doch von Agatha Christie, oder?« Christas Lachen klang aufgesetzt.

»Nicht nur«, stellte Sylvia richtig. »In Deutschland ist es auch unter dem Namen Zyklon B zu trauriger Berühmtheit gelangt, damit wurden in einigen Konzentrationslagern …«

»Sylvia«, unterbrach Christa ihre Tochter. »Das gehört nun wirklich nicht hierher.«

»Ach Mama.« Sylvia seufzte. »Das Reh war übrigens köstlich.«

»Vorzüglich«, bestätigte ich.

»Wo Hendrik nur bleibt?« Friedrich blickte auf seine Armbanduhr. Wir waren beim Dessert angelangt; es gab Mandelparfait.

»Der kommt schon noch«, sagte Alex.

»Spätestens zur Bescherung.« Sylvias Haut schimmerte wie heller Marmor.

»Er wohnt doch hier im Ort, oder?« Ich ließ meinen Löffel in das geschichtete Eis gleiten. Da war ein zarter Bittermandelgeschmack, etwas Honig und Zimt.

»Ja.« Christa schien sich langsam Sorgen zu machen. »Er hätte wirklich mal anrufen können.«

Hendrik war der jüngste Sohn der Familie Marquard. Er hatte ein Medizinstudium in Tübingen und ein Jurastudium in Dresden abgebrochen, hieß es, aber Alex war sich sicher, dass er beide nie angetreten hatte. Nach Jahren der Orientierungslosigkeit schloss Hendrik aber doch noch eine Ausbildung zum Pharmazeutisch-kaufmännischen Angestellten ab. Auch das war nicht ganz problemlos verlaufen; es hatte »Unregelmäßigkeiten in der Bestandsaufnahme der Arzneimittelvorräte« gegeben, wie Friedrich es ausdrückte. Hendrik habe Medikamente geklaut, meinte Alex mit gespielter Gleichgültigkeit. Nur aufgrund von Friedrichs Intervention habe die Apotheke von einer Strafanzeige abgesehen.

»Gibt es heute Abend eigentlich keine erfreulicheren Themen?«, fragte Alex und legte seinen Arm um mich. »Zuerst Daniela, dann Hendrik, was soll Anne denn denken?«

»Apropos Harmonie«, flüsterte er und gab mir einen Kuss. Seine Lippen schmeckten nach süßem Dessertwein.

Jetzt stellte Friedrich eine Frage, die meinen Puls nach oben schnellen ließ: »Wie sieht es eigentlich mit Kindern aus?« Er blickte mich erwartungsvoll an.

»Weihnachten ist doch das Fest der Geburt Jesu Christi«, versuchte er seinen Vorstoß abzuschwächen, weil er wohl bemerkt hatte, dass mich das Thema in Verlegenheit brachte.

»Natürlich wünschen sich Anne und ich Kinder, stimmt doch, Schatz?«

Ich nickte. Das Klappern von Löffeln auf Porzellan. Die roten Ohrläppchen von Friedrich. Sylvias schwebende Schönheit. Christa verließ den Raum.

»Ich weiß nicht«, krächzte ich. »Im Prinzip schon.«

»Darf ich fragen, wie alt du bist?«

»38«, sagte ich und fühlte mich alt. Meine Hände waren feucht.

»Möchte noch jemand einen Espresso?« Christa war mit einem Tablett zurückgekehrt und verteilte die kleinen Tassen.

»Danke«, sagte Friedrich und lehnte sich zurück. »Es tut mir leid, wenn ich dich in Verlegenheit bringe, Anne. Das ist nicht meine Absicht. Wir sind eine Ärztefamilie, das weißt du ja, bei uns wird seit jeher offen über medizinische Themen gesprochen, ohne falsche Scham. Es ist ja nicht schlimm, 38 zu sein, im Gegenteil, es ist ein großartiges Alter, ich wünschte, ich wäre selbst nochmal so jung.« Er verschränkte die Arme hinter dem Kopf und lächelte mich an.

Der Dessertwein glänzte in meinem Glas. Alex tat mir Zucker in meinen Espresso.

»Wartet nicht zu lange damit«, sagte Friedrich. »Lars hat übrigens eine tolle Fertilitätsklinik aufgebaut, in der Nähe von Karlsruhe.«

»Lars Jordan?« Alex tupfte sich mit der Serviette die Stirn ab. Er schwitzte.

»Mein früherer Assistenzarzt aus Dresden«, erklärte Friedrich mir. »Zu meiner Zeit war da die Nachfrage noch nicht so groß, sonst hätte ich mich auch darauf spezialisiert. Fruchtbarkeit ist ein Vermögen wert.«

»Fruchtbarkeit und Schönheit«, bestätigte Sylvia. Sie beugte sich über eine Kerze und fuhr mit dem Finger durch die Flamme.

Plötzlich fragte ich mich, warum Sylvia eigentlich keine Kinder hatte. Männer hatte sie ja genug, mehr als einen, hatte sie heute Mittag lachend auf meine Frage geantwortet, ob sie verheiratet sei. Ich glaubte ihr das sofort, in Sylvias Nähe fühlte man sich ein bisschen wie im Film. Ihre Ohrringe strahlten im Kerzenlicht. Es waren kleine Hänger, zwei kristallförmige Tropfen. Genau diese Ohrringe hatte ich mir zum Geburtstag von Alex gewünscht, stellte ich zu meiner Verwunderung fest.

Sylvia bemerkte meinen Blick und lächelte mir zu. Traurig, wie mir schien. Im Prinzip hatte sie alles, was ich mir jemals gewünscht hatte. Außer einem Kind.

## 4. Kapitel: Die Weihnachtsnacht

Nach dem Essen stand ich mit Christa in der Küche, die Spülmaschine brummte leise, die Uhr tickte. Es war 20.26 Uhr. »Jedes Jahr leiste ich mir ein Stück«, sagte Christa, die rosafarbene Spülhandschuhe trug und mir einen handbemalten Weihnachtsteller nach dem anderen zum Abtrocknen reichte. Ich genoss die Vertrautheit, die sich mittlerweile zwischen uns eingestellt hatte.

»Den Engel im blauen Kleid mag ich besonders«, sagte sie und wollte mir den letzten Teller reichen. In diesem Moment geschah zweierlei: Die Türklingel riss uns aus unserer Stille, und der Teller krachte auf die Fliesen. Christa und ich starrten uns an, dann auf den blauen Scherbenhaufen; der »Engel im blauen Kleid« war nicht mehr zu retten.

Es klingelte wieder. Jemand begab sich zur Tür.

»Hendrik«, hörte ich Alex' Stimme. »Du kommst spät.«

»Brüderlein«, sagte der Angesprochene. »Was für eine Überraschung.«

Hendriks Stimme war mir von Anfang an unsympathisch, sie kroch einem tief ins Ohr und durchdrang den ganzen Körper. Unweigerlich musste ich an Gollum aus Tolkiens *Herrn der Ringe* denken und erwartete ein reptilienartiges Wesen.

Die Schritte wurden lauter. Christa und ich

blickten auf die Küchentür, aber die Schritte entfernten sich wieder. Hendrik schien direkt in den grünen Salon zu gehen, wohin sich Friedrich und Alex zurückgezogen hatten. Als Christa mich ansah, verlieh der Schmerz ihrem Gesicht aristokratische Würde. Dann nahm sie eine Kehrschaufel, fegte die Scherben zusammen und warf alles in den Müll. Laute Männerstimmen drangen aus dem Salon herüber.

Christa begann, Weihnachtsplätzchen auf einer Etagère zu arrangieren. Eine Tür knallte.

»Mama, kommst du mal«, rief Alex. Ich konnte den Zorn in seiner Stimme hören.

»Ich mach das schon«, sagte ich und legte ihr meine Hand auf den Arm. »Geh ruhig.«

Lautes Atmen. Ein Knacken. Meine Hand begann zu zittern. Ich drehte mich um.

Ein Mann im schwarzen Anzug lehnte im Türrahmen und sah mich unverschämt an.

»Sie müssen die Frau meines Bruders sein«, sagte er. »Hätte ja nicht gedacht, dass sich der alte Knabe nochmal verlobt.«

Wie lange stand er schon da? Ich legte das letzte Aprikosenplätzchen auf die Etagère. Rote und goldene Sterne waren auf das Porzellan gemalt. Ich stützte mich auf den Tisch und fragte leise: »Nochmal?«

»Ach, das tut mir aber leid, hab ich mich jetzt verplappert?«

»Ich verstehe nicht.«

»Ist auch besser so. Ging ja nicht gut aus für die Dame.«

Er lachte, löste sich vom Türrahmen und kam auf mich zu.

»Ich bin übrigens Hendrik«, sagte er und streckte mir seine Hand entgegen.

Ich begann wieder zu schwitzen. Hendrik hatte das Gesicht seines Vaters, doch er hatte auch ein fliehendes Kinn, das sonst bei niemandem in der Familie Marquard auftrat. Es war erstaunlich, was ein fehlender Zentimeter ausmachte.

»Ich bin Anne«, sagte ich und wischte mir die Hände an der Schürze ab, bevor ich ihm die rechte reichte. Mir wurde schwindelig. Ich musste raus hier. Hendrik roch nach Orange, bildete ich mir ein. Ich wendete mich von ihm ab.

*Ruhig atmen.*

»Mit dir stimmt doch was nicht.«, sagte er und sah mich von der Seite an. Plötzlich fing er an zu lachen. »Da hat sich der alte Knabe ja was Schönes eingebrockt.«

Ich griff nach der Etagère und flüchtete in den grünen Salon.

Um 20.50 Uhr läutete ein Glöckchen. Es war das Zeichen, dass wir uns im Wohnzimmer versammeln sollten. Sylvia hatte die Kerzen am Weihnachtsbaum angezündet, im Kamin brannte ein Feuer, auf dem Tisch stand ein Tablett mit sechs Champagnergläsern, zwei davon waren bereits gefüllt. Als wir eintraten, schenkte Alex das dritte ein. Er hatte zwei Flaschen geöffnet, mit denen er abwechselnd hantierte. Um den Hals der einen Flasche war eine weiße Serviette gebunden.

Sylvia läutete abermals mit einem weißen Porzellanglöckchen. Der Baum schien zu schweben. Ich konnte nicht aufhören, die Lichter anzusehen, die tief in meinem Innern etwas auslösten, das mich rührte: Es war etwas Gutes. Etwas Schönes. Ich dachte an meine Mutter und daran, dass es also Glück gegeben haben musste. Eine Träne lief meine Wange hinab.

Hendrik ließ mich nicht aus den Augen. Ich griff nach einem Glas.

»Moment.« Alex nahm mir das Glas wieder ab. Er schien aufgeregter zu sein als ich.

»Für die Damen habe ich etwas anderes.« Er reichte mir ein anderes Glas und pries seinen Inhalt an: »Brut Rosé Vintage aus dem Hause Roederer, eine Rarität.«

Ich nickte. Im Kerzenlicht konnte ich ohnehin keinen Unterschied erkennen. Überall lagen Geschenke herum, und ich war froh, dass ich Alex die Winkekatze eingepackt hatte.

»Sind jetzt alle soweit?«, fragte Friedrich zufrieden. Wir standen im Halbkreis um den Weihnachtsbaum. Jeder nickte.

»Na dann«, sagte er und erhob sein Glas. »Ein frohes Weihnachtsfest!«

»Ein frohes Fest«, sagte ich leichthin.

»Ein frohes Fest«, tönte es aus allen Mündern. Die Gläser klirrten. Der Champagner schmeckte vorzüglich.

Alex umarmte mich und sagte, dass er mich liebe, trotzdem hatte ich das Gefühl, dass er nicht bei der Sache war; immer wieder blickte er sich um, als wartete er auf etwas.

»Aber das weiß ich doch, Christa«, hörte ich Friedrichs Stimme leise. Dann umarmten sich auch die beiden. Christa sagte etwas, doch ihre Stimme zitterte, als wäre sie den Tränen nahe. Ich war also nicht die Einzige, für die dieser Abend einer emotionalen Achterbahnfahrt glich.

Es klirrte. Hell. Etwas zerbrach. Dann ein dumpfer Schlag. Ich sah Alex' Gesicht, das sich zu einer Grimasse entstellte. Ich sah sein Champagnerglas, das am Kamin zerbrochen war. Alex stürzte auf den Boden. Erst dann sah ich Friedrich, der gekrümmt auf dem Teppich lag. Er fasste sich mit beiden Händen an den Hals. Er schien keine

Luft zu bekommen. Seine Augen waren panisch geweitet.

»Alex«, röchelte Friedrich und streckte seine Hände nach dem Sohn aus.

Christa ergriff meinen Arm, sie zitterte am ganzen Leib. Hendrik stand wie versteinert am Kamin.

»Herzinfarkt? Schlaganfall?«, fragte Alex und sah Sylvia an. Dann kniete er sich rechts neben den Vater, Sylvia links.

»Versuche, ruhig zu atmen, Papa«, befahl Sylvia ihm und entfernte das Seidentuch um seinen Hals. Friedrich schlug panisch um sich. Alex hielt seine Hände fest.

»Einen Notarzt, schnell«, fuhr Sylvia Christa an, die noch immer zitternd neben mir stand. Wimmernd stürzte Christa zum Telefon.

»Ganz ruhig, Papa, der Krankenwagen ist schon unterwegs«, sagte Alex und versuchte, in den Rachen seines Vaters zu sehen. Doch der Versuch misslang; Friedrich schlug und bäumte sich auf, als wüte ein Dämon in ihm.

Ich klammerte mich am Sofa fest. Das Röcheln, das er beim Versuch, Luft zu holen, von sich gab, war furchtbar.

Wertvolle Sekunden verstrichen, Minuten, die über Leben und Tod entscheiden konnten. *Warum tut denn niemand etwas?* Ich hielt das nicht mehr aus. Ich ging in die Hocke und begann gleichfalls zu wimmern. Irgendwann wurde das Röcheln von Friedrich leiser, seine Lippen färbten sich blau.

Als er nicht mehr um sich schlug, begann Alex mit der Herzmassage und Mund-zu-Mund-Beatmung.

*Endlich.*

Christa kam zurück. Sie hielt den Hörer noch immer in der Hand und sah aus wie ein Gespenst.

»Habt ihr irgendwo eine Sauerstoffmaske? Oder einen Inhalator gegen Asthma?«, fragte ich mit Tränen in den Augen.

Christa schüttelte den Kopf. Sie starrte auf die Szene, die sich am Boden abspielte, ihre Lippen murmelten unentwegt. Ich glaube, sie betete.

Hendrik ging fluchend auf und ab.

»Ein Filetiermesser!«, schrie Sylvia. Dann rannte sie in die Küche. Mit einem kleinen, scharfen Messer kam sie zurück.

»Tracheotomie?«, fragte Alex, und ich sah das nackte Entsetzen in seinen Augen.

»Wir müssen es versuchen.« Sylvias Gesicht war konzentriert und entschieden, als sie das Messer an den Hals ihres Vaters setzte.

Christa rannte aus dem Zimmer. Ich folgte ihr. Jemand schrie in rhythmischen Stößen, und in meinen Ohren dröhnte es wie das Schreien einer Gebärenden. Ich folgte Christa in die Küche, ich sah, wie sie im Kreis lief und immer wieder rief: »Friedrich stirbt. Friedrich stirbt.«

*Ich muss zurück. Ich muss Alex helfen*, war der letzte Gedanke, den ich fasste, bevor alles in einen unwirklichen Trance-Modus kippte: Christa, die im Kreis ging. Christa, deren Lippen sich bewegten. Die Zeiger der Küchenuhr. Die Drehung meines Körpers. Meine hohen, schwarzen Lackschuhe. Die weißen Fliesen im Vestibül. Mein rotes Kleid. Der schwarze Perser.

*Bitte nicht.*

Der Film riss. Ein jäher Schmerz. Als steckten zwei Messer in meinem Bauch. Ich krümmte mich auf dem Teppich. »Ist er tot?«, wimmerte ich. »Sag, dass er nicht tot ist, bitte.«

*Bitte nicht.*

Die Schmerzen waren dieselben wie in den Jahren zuvor, nur zehnmal so schlimm.

»Lass ihn nicht sterben«, hörte ich mich stammeln. Dann wurde es schwarz.

Das Erste, was ich sah, als ich wieder zu mir kam, war das kreidebleiche Gesicht von Hendrik. Er kniete neben mir und übergab sich auf den schwarzen Perser. Wie lange war ich ohnmächtig gewesen? Ich hörte die Sirene eines Krankenwagens, dann aufgeregte Schritte, ein Stimmengewirr.

»Hier entlang«, hörte ich Sylvia und sah die Sanitäter ins Wohnzimmer rennen.

*Friedrich. Der Krankenwagen.* Ich richtete mich auf.

Ich hatte keine Schmerzen mehr.

Es konnten nur ein paar Minuten gewesen sein, die ich tief in mir an einem anderen Ort verbracht hatte.

## 5. Kapitel: 25. Dezember

Friedrich Marquard war noch auf dem Weg ins Krankenhaus verstorben. Auch der Luftröhrenschnitt hatte ihn nicht retten können. Alex und ich waren im Krankenwagen mitgefahren, ich saß vorne neben dem Fahrer, er hinten neben seinem Vater. »Es war ein stiller Tod«, berichtete Alex später seiner Mutter: »Am Ende hat Papa gelächelt.«

Nicht die Lüge war das Problem, sondern dass Alex vollkommen überzeugend wirkte, während er sie aussprach. Friedrich hatte eine Maske auf dem Mund gehabt, während sie ihn in die Notaufnahme schoben, wie konnte Alex ihn da lächeln gesehen haben? Friedrich war erstickt; wie konnte man da lächeln? Nach unserer Ankunft im Kreiskrankenhaus Sigmaringen versuchten sie trotz allem, ihn noch einmal wiederzubeleben.

Gegen 22.10 Uhr gab man es schließlich auf.

Die diensthabenden Ärzte standen vor einem Rätsel. Ein junger Mann – ich schätzte ihn auf Ende zwanzig – tippte auf ein Blutgerinnsel in der *Arteria basilaris*, eine der Schlagadern, die das Gehirn mit Sauerstoff versorgen. Er habe die Weihnachtsschicht übernommen, erzählte er noch, weil sich seine Freundin von ihm getrennt habe. Ich sah die Trauer in seinem Gesicht, doch auch die Freude, als Alexander Marquard – der um ein Vielfaches an Erfahrung reichere Chirurg aus Berlin – meinte, man müsse seine Theorie im Auge behalten.

Im Kreiskrankenhaus Sigmaringen nahm man großen Anteil am Tod von Prof. Dr. Friedrich Marquard, den man entweder persönlich oder dem Namen nach gekannt hatte, »eine Mediziner-Legende«, sagte der junge Arzt mit der Arteriabasilaris-Theorie. Ein Kollege aus der Neurologie, ebenfalls ein noch sehr junger Mann, dachte eher an eine Einblutung im Hirnstamm. Eine erfahrene Krankenschwester fragte, ob chronische Krankheiten vorlagen, von denen man nichts wisse; denn die Symptome erinnerten sie an den tragischen Fall eines Richters, der vor zehn Jahren an einem plötzlichen Schub von Multipler Sklerose verstarb, der sein Atemzentrum lahmlegte.

»Das ist möglich«, sagte Alex, was mich erstaunte, denn Friedrich hatte keine MS gehabt. Alex nahm einen Schluck von der warmen Brühe, die man uns gereicht hatte, bevor er weitersprach: Wenn er ehrlich sei, vermute er schon lange, dass sein Vater an einer chronischen Krankheit gelitten haben könnte. Doch sein Vater sei der Typ Mensch gewesen, der versucht hätte, sich selbst zu therapieren, weil er die Familie nicht belasten wollte. Die anwesenden Ärzte nickten; man traute einem starken Charakter so etwas zu.

Trotz allem sei man dazu verpflichtet, räusperte sich schließlich eine kleine, dunkle Frau, die ich für die Anästhesistin gehalten hatte, »auch die Möglichkeit von toxischen Substanzen auszuschließen.« Sie hatte die Worte *Gift* und *Mord* nicht gebraucht. Im Gegenteil, sie sprach von »reiner Routine«. Man werde Proben von Blut, Urin und Mageninhalt entnehmen müssen und ins Labor schicken, fuhr sie sachlich fort. Um Alex Mund erschien ein schmerzhafter Zug, der mich an Christa erinnerte.

*Giftmord*. Während die Frau mit den kleinen, schwarzen Augen sprach, hämmerte das Wort in meinem Kopf. *Giftmord*. Ich musste sogar einen Würgereiz unterdrücken, um nicht laut damit herauszuplatzen: *Wie bei Daniela Wächter!*

Natürlich sagte ich nichts.

Um 23.15 Uhr fuhr uns Frau Buck nach Hause, die erfahrene Krankenschwester, die Friedrichs Tod an den Fall des Richters erinnert hatte. Es stellte sich heraus, dass Frau Buck Christa bereits seit der Schulzeit kannte. Sie gab uns ein Päckchen mit Schlaf- und Beruhigungstabletten mit: »Falls Christa was braucht.«

Vorsichtig steuerte sie das Auto durch die Nacht. Als wir die Donau überquerten, begannen die Glocken zu läuten. Überall brannten Lichter. Ich sah, wie Alex Tränen über die Wange liefen.

Wenn er etwas verschwieg, da war ich mir sicher, dann aus Liebe.

»Eine Obduktion?« Sylvias Gesicht blieb äußerlich reglos. Am Morgen des 25. Dezembers saßen wir alle nach einer kurzen Nacht um den Küchentisch versammelt und nippten an dem Johanniskraut-Tee, der aus Christas eigenem Anbau stammte. Alle, bis auf Hendrik, der sich noch nicht einmal telefonisch nach Friedrichs Befinden erkundigt hatte. Im Gegenzug hielt es auch niemand für notwendig, ihn über den Tod seines Vaters zu informieren. Hendrik sei gestern Nacht kurz nach dem Krankenwagen aufgebrochen, sagte Sylvia; sie gehe davon aus, dass er in seine Wohnung gefahren sei.

»Sollen wir das Papa wirklich antun?«, fragte Sylvia und zog den Bademantel enger um ihre Taille.

»Um Gottes willen«, sagte Christa und fuhr sich mit beiden Händen durch die Haare, die ihr wirr um den Kopf standen: »Nein.«

Christa muss eine schreckliche Nacht hinter sich gehabt haben. Zudem stand sie unter dem Einfluss der Tabletten, die Alex ihr verabreicht hatte. Trotzdem kam sie mir an diesem Morgen schöner vor als tags zuvor. Ich musste sie immer wieder ansehen: Ihr Gesicht wirkte seltsam hell, als hätte der Schock es erleuchtet.

»Können wir das überhaupt verhindern?« Sylvia sah ihrem Bruder fest in die Augen.

»Ich weiß es nicht«, stieß Alex hervor. »Ich weiß es nicht. Mir macht auch weniger die Obduktion Sorgen als ...«

Er brach den Satz ab, den er ohnehin nur geflüstert hatte.

»Hoffen wir nur, dass sie die Proben nicht nach Tübingen schicken«, sagte Sylvia, die ihren Bruder verstanden zu haben schien.

*Tübingen?* Ich spürte das warme Glas Tee in meiner Hand, dann Sylvias Angst. *Warum nicht nach Tübingen?*

Die Universitätsstadt verfügte – im Unterschied zu Sigmaringen – über ein toxikologisches High-Tech-Labor, sollte ich später erfahren. Mit modernen Trennverfahren wie der Hochdruck-Flüssigkeitschromatografie könnten selbst millionstel Gramm einer Substanz nachgewiesen werden, vor allem, wenn man einen konkreten Verdacht hatte, nach welcher Substanz man suchen musste. Schwieriger wäre es allerdings, wenn kein Anhaltspunkt vorlag und es sich um pflanzliche und tierische Toxine handelte, die schwerer nachweisbar seien als Metalle oder Arzneistoffe.

Ich sah sie an. Sylvias Stirn verriet nichts von den Sorgen, die sie umtrieben. Warum waren Sylvia und Christa eigentlich nicht mit ins Krankenhaus gefahren? Was, wenn Friedrich auf der Intensivstation nach seiner Frau gefragt hätte? Oder wusste Sylvia, dass ihr Vater sterben würde? Sie war ja Ärztin.

»Um Gottes willen«, sagte Christa wieder. Sie war in einen viel zu großen Morgenmantel gehüllt, der auf der Brusttasche die verschlungenen Initialen F. M. zeigte. »Ich verstehe das einfach nicht. Friedrichs Herz war doch gesund.«

»Mama, hör auf damit«, sagte Sylvia. »Es war kein Herzinfarkt.«

»Aber was dann?«

Alex und Sylvia blickten sich an. Es war der Blick einer verschworenen Gemeinschaft. Es war der Blick von Geschwistern.

Viele Angehörige, die einen geliebten Menschen verloren haben, berichten, dass es ihnen in der ersten Zeit geholfen habe, konkret Dinge organisieren und erledigen zu können. Auch uns ging es so. Um 8.20 Uhr erhoben wir uns vom Küchentisch. Jeder zog sich etwas Altes an. Alex lieh mir einen Anorak. Christa trug einen gemusterten Pullover, einen ihrer größten Fehlkäufe, bemerkte sie lapidar. Sogar Sylvia, die ich bisher nur in Seide und Abendgarderobe gesehen hatte, kam in einer alten Cordhose und einem Lodenmantel zurück. In dieser Aufmachung trafen wir uns im Vestibül und begutachteten den schwarzen Perserteppich: Erbrochenes, ein wenig Blut, dunkle Fußabdrücke. Der säuerliche Gestank war unerträglich.

»Wir verbrennen ihn«, entschied Sylvia. Ihre Mutter riss die Augen auf.

»Um Gottes willen«, rief sie. »Mein Hochzeitsteppich!«

»Das ist psychologisch aber wichtig, Mama«, beharrte Sylvia.

»Sylvia hat recht«, murmelte Alex. »Wir verbrennen ihn.«

Mit vereinten Kräften rollten wir den Perser zusammen und trugen ihn hinaus in den Garten. Alex holte eine Schneeschaufel und legte den verschneiten Brunnen frei. Etwa einen Meter unterhalb des Brunnenrands war ein stabiles Gitter angebracht worden. Darauf legten wir den Teppich. Dann gingen wir zurück ins Haus, um uns der weitaus schwierigeren Aufgabe zu widmen: Seit gestern Nacht hatte niemand mehr das Wohnzimmer betreten.

Es war dunkel. Alex drückte einen Schalter, und die Rollläden fuhren automatisch nach oben. Die Sonne fiel herein, und alle starrten auf die Stelle, wo Friedrich zusammengebrochen war. Ich hatte ein blutgetränktes Szenario erwartet, doch in Wirklichkeit war ein Luftröhrenschnitt weit weniger blutig als in meiner Phantasie. Selbst wenn man genau hinsah, blieb doch nur der Eindruck, als hätte jemand Nasenbluten gehabt. Auf dem Tisch standen immer noch die halbvollen Champagnergläser. Unter dem Kamin lagen Glasscherben. Unheimlich waren eigentlich nur die Geschenke, die immer noch darauf warteten, ausgepackt zu werden.

Während Alex die Scherben, Gläser und Flaschen einsammelte, rückten Sylvia und ich die Möbel zur Seite. Dann rollten wir auch den weißen Perserteppich zusammen und trugen ihn hinaus zu seinem schwarzen Gegenstück. Christa protestierte nicht; es schien ihr einzuleuchten, dass beide Teppiche zusammen verbrannt werden mussten. Als wir zurück ins Haus kamen, hörte ich Alex im oberen Bad fluchen. Ich zog mir die dreckigen Stiefel aus und sah nach. Alex hatte alle Champagnergläser in der Badewanne zertrümmert. Eine gallertartige Masse verteilte sich über den Scherben. Ich vernahm den ätzenden Geruch, noch bevor ich die orangefarbene Flasche mit dem Abflussreiniger bemerkte.

»Scheiße«, sagte Alex und leckte sich den Daumen. Der Schnitt war nicht besonders tief, aber ich spürte, dass er zitterte. Ich half ihm mit dem Pflaster, nahm die Handbrause und ließ Wasser über die Scherbenpampe laufen, bis sich das ätzende Gel im Ausguss verflüchtigte. Dann sammelte ich die Scherben in einem Eimer auf.

»Kommt ihr?«, rief Sylvia von unten. Als wir in den Garten traten, verteilte sie eine Flasche Brandbeschleuniger über den Teppichen. Dann hielt sie inne und sagte: »Das stärkste Symbol für Transformation ist das Feuer. Denkt an die schrecklichen Bilder, wenn ihr in das Feuer seht.«

Wir starrten in die Flammen, bis das Feuer erlosch.

Eine Stunde später saßen wir geduscht und erschöpft im grünen Salon, als es klingelte. Der Mann an der Sprechanlage stellte sich als »Kriminalpolizei Sigmaringen« vor.

Alex empfing ihn an der Haustür. Wir lauschten angespannt.

»Entschuldigen Sie die Störung«, hörten wir eine raue, männliche Stimme. »Mein Name ist Gerd Engler, Kriminalpolizei Sigmaringen. Mein aufrichtiges Beileid.«

Wenig später öffnete sich die Tür. Ich sah einen Mann, dessen Mund von zwei steilen Falten flankiert wurde wie ein Gefangener von zwei Polizisten. Mit dem Kommissar wehte der säuerliche Geruch vom Vestibül herein.

»Gerd Engler«, stellte er sich abermals vor. Ein kalter Stratege, dachte ich zuerst. Doch dann begann der Kommissar zu sprechen, leise, umständlich, eine komplizierte Mischung aus Hochdeutsch und schwäbischem Dialekt. Dann bemerkte ich, dass er seine Schuhe ausgezogen hatte, eine Socke war sorgfältig gestopft. Er sah mich verlegen an, während er mir die Hand gab. Er verbeugte sich umständlich vor Christa, als wäre sie eine Gräfin. Er verschüttete das Glas Wasser, das Sylvia ihm anbot. Kurz und gut: Er benahm sich wie ein Trottel. Alex entspannte sich.

»Christa«, räusperte sich Gerd Engler. »Du kannst dir wirklich meines tief empfundenen Beileids versichert sein.«

Christa nickte; man kannte sich aus dem Tennisclub, erfuhr ich später.

»Gibt es bereits irgendwelche Erkenntnisse?« Alex konnte seine Ungeduld nicht verbergen.

»Entschuldigen Sie, natürlich«, sagte er und fingerte ein Smartphone aus der Innentasche seines karierten Jacketts hervor. Auf der Bank vor dem Jugendstilkamin saßen zwei Porzellanpuppen und tranken Tee; tags zuvor hatten sie noch in der Küche gesessen.

»Ich bekam heute Morgen einen Anruf von Frau Dr. Riedmüller vom Kreiskrankenhaus Sigmaringen«, hörte ich Kommissar Engler wieder.

Riedmüller? Das musste die kleine Frau mit den schwarzen Augen sein.

»Die Blutanalyse ergab, wie soll ich es sagen, nun ja, gewisse Auffälligkeiten.«

Engler nahm einen Schluck Wasser. Wir hingen an seinen Lippen.

»Ich persönlich halte das Ganze für eine bürokratische Blase«, nickte er Christa verbindlich zu. »Doktor Riedmüller ist eine gute Ärztin, ohne Zweifel, zudem sehr motiviert, ich kenne sie schon seit Jahren, aber wie soll ich sagen, in diesem Fall mag sie wohl etwas über das Ziel hinaus … geschossen sein … eine Lawine kommt ins Rollen … Vorschriften, Vorsichtmaßnamen, Routine, wie das eben so ist.«

Er sah uns der Reihe nach an. »Alles reine Routine.«

»Sie tun ja auch nur Ihre Pflicht«, versicherte Sylvia und schlug ihre Beine übereinander. »Was für Auffälligkeiten? Sprechen Sie nur frei heraus, wir sind alle Mediziner.«

»Ja natürlich, das ist es ja. Sie werden das viel besser verstehen als ich, denn Frau Riedmüller erwähnte etwas von einem handelsüblichen Schnelltest, es tut mir leid, ich habe den Namen vergessen, aber dieser Test hat ergeben, dass etwas mit den roten Blutkörperchen nicht stimmt, also mit dem Eisen, soweit ich das verstanden habe.«

»Sie meinen den Hämoglobin-Wert?«

»Genau, Hämoglobin, das war es.« Er nahm noch einen Schluck Wasser. »Diese Teile – oder wie nennt man das richtig? – spielen ja eine immens wichtige

Funktion für den Menschen. Aber irgendein Stoff hat das alles blockiert«, er räusperte sich, »sodass Friedrich, ich meine, Ihr Vater, erstickt ist.«

»Was für ein Stoff?«

Er breitete entschuldigend die Arme aus. »Das muss das Labor in Tübingen herausfinden. Frau Riedmüller meinte nur, Schwermetalle sicher ausschließen zu können, sie tippt auf irgendein pflanzliches Gift.«

»Gift?« Christa schüttelte entgeistert den Kopf. »Aber wie ist so etwas nur möglich?«

Engler sah ihr fest in die Augen: »Das versuche ich herauszufinden, Christa.«

Kommissar Engler hatte sich fluchtartig verabschiedet, nachdem Christa Schüttelfrost bekommen hatte. Verwirrt blieben wir im grünen Salon zurück. Niemand wollte sich unterhalten, und keiner wollte alleine sein. Christa lag mit einer Decke auf der Chaiselongue und hielt die Augen geschlossen; sie schien jetzt zu schlafen. Sylvia saß regungslos in dem roten Barocksessel; sie starrte auf den Kamin. Alex saß bei mir auf dem Sofa und massierte meine Füße; ab und zu ließ ich meinen Blick über die anderen gleiten. Dann fielen auch mir die Augen zu.

*Last Christmas I gave you my heart, but the very next day you gave it away ...*

Ungläubig öffnete ich die Augen, als könnte ich dann besser hören.

*This year, to save me from tears, I'll give it to someone special, special ...*

Sylvia stand an der Anlage und blätterte durch einen Stapel mit CDs, als suchte sie ein bestimmtes Lied. Verwundert zog ich meinen Fuß aus Alex Griff und stand auf. Ich hatte weder Krämpfe noch Herzrasen oder Panik.

Sylvia legte eine andere CD ein. Leichte Jazzmusik erfüllte den Salon.

Ich trat ans Fenster und sah in den Garten. Fußspuren, Schleifspuren und dunkle Flecken hatten die weiße Schneedecke in ein Schlachtfeld verwandelt. Ich hob meinen Blick in den wolkenlos blauen Himmel, sah die Sonne und hoffte, dass es vorbei war. Eine Träne lief mir die Wange herab. Von einem Baum rieselte feiner Schnee, als hätte eine unsichtbare Hand daran gerührt. Ich begann zu schluchzen, erst leise, dann immer lauter, bis ich Alex' warme Gestalt hinter mir spürte. Er legte beide Arme um mich. Stumm wiegten wir uns hin und her.

»Es tut mir so leid«, hörte ich seine Stimme. Sie klang anders als sonst, nicht mehr so sicher, beinahe heiser: »Ich befürchte, in Zukunft müssen wir an Weihnachten auf die Bahamas fliegen.«

»Ich liebe dich, Alex«, sagte ich und dachte

an die vergangene Nacht: Gegen ein Uhr waren wir ins Bett gegangen, doch keiner von uns hatte Schlaf gefunden. Wach waren wir nebeneinandergelegen, bis Alex damit angefangen hatte. So hatte ich ihn noch nie erlebt. Das hatte nichts mehr mit dem Alex zu tun gehabt, den ich kannte. Ohne mich zu küssen oder zu streicheln, war er in mich eingedrungen; es war mir wie eine Ewigkeit vorgekommen, bis er schließlich von mir ließ.

Die blauen Flecken auf meinem Arm entschuldigte ich damit, dass Alex nicht ganz bei sich gewesen sein konnte; verständlich nach dem schrecklichen Tod seines Vaters.

Ich verscheuchte die Erinnerung an die letzte Nacht und drehte mich zu Alex um. Vorsichtig nahm ich sein Gesicht in beide Hände und sagte: »Alles wird gut.«

»Ich habe Angst«, flüsterte er. Noch nie zuvor hatte er das zu mir gesagt. Diesmal war ich es, die ihn in die Arme nahm und festhielt.

»Entschuldigung, aber mir fiel noch etwas ein«, sagte Gerd Engler. So plötzlich, wie er sich verabschiedet hatte, war der Kommissar wieder aufgetaucht. »Wo ist Hendrik?«

Alex legte ein Stück Holz in den Kamin: »Wir wissen es nicht. Er hat sich seit gestern Nacht nicht gemeldet.«

»Ein höchst merkwürdiges Verhalten.«

Sylvia nickte. »Es ist ungeheuerlich, dass er sich noch nicht gemeldet hat. Aber leider sind wir das von Hendrik gewohnt. Papa ist tot. Aber wir werden nachher bei Hendrik vorbeigehen müssen, weil sein Verhalten uns zwingt, uns zu fragen, was mit ihm los ist.«

»Ich verstehe«, nickte Engler und mied Christas Blick. »Da ist noch etwas. Also, ich muss das tun, die Akten durchsehen, meine ich, und Hendrik ist bereits zweimal vorbestraft wegen des Verstoßes gegen das Betäubungsmittelgesetz. Das ist doch richtig, oder? Hatte er ein Drogenproblem?«

»Ja«, sagte Alex nur.

»Hatte er, ich meine, das gehört ja meistens zusammen, finanzielle Probleme?«

»Ja«, sagte Alex und sah Christa an. »Es hat keinen Wert, das zu verschweigen. Gerade gestern Abend haben wir uns deswegen gestritten. Es ging um 30.000 Euro, die Hendrik von meinen Eltern wollte. Er faselte irgendetwas von einer Schenkung und von Steuern, die man dadurch sparen könnte.«

Christa nickte. »Das stimmt.«

Nachdenklich kratzte sich Gerd Engler am Kopf: »Hat er das Geld bekommen?«

»Wir einigten uns auf einen Bruchteil der Summe«, sagte Christa erschöpft.

Engler nickte. »Etwa zwei Minuten, nachdem er

von dem Champagner trank, ist Friedrich also zusammengebrochen.« Er räusperte sich. »Sie haben die Flasche und das Glas nicht zufällig aufgehoben?«, fragte er so beiläufig, als hätte er diese Möglichkeit ohnehin schon ausgeschlossen.

»Leider nicht«, sagte Alex. Ich starrte auf das Pflaster an seinem Daumen.

»Hatte Hendrik Gelegenheit, etwas in das Glas zu tun?«, fragte Engler.

»Ja«, sagte ich. »Alex war in der Küche, um eine Serviette zu holen. Sylvia und Christa holten Geschenke von oben. Ich war mit Friedrich im Salon. Während dieser Zeit, das waren vielleicht zwei Minuten, war Hendrik alleine im Wohnzimmer.«

Ich spürte, wie Alex mich ansah.

»Christa«, sagte Gerd Engler. »Hattest du bereits Gelegenheit, nachzusehen, ob etwas von Friedrichs Sachen fehlt? Bankdaten, Sparbücher, Wertpapiere, was weiß ich.«

»4.000 Euro«, sagte Christa leise. »Im Sekretär, wo das Bargeld immer liegt, fehlen die 4.000 Euro, die ich vor den Feiertagen abgehoben habe.«

Alex schnaufte, Sylvia schüttelte den Kopf.

»4.000 Euro?«, fragte Engler. »Das ist viel Geld, Christa. Warum hast du es abgehoben?«

»Weihnachtsgeld«, sagte sie. »Ich verteile es jedes Jahr an Hedwig, unsere Haushälterin, an Petra, unsere Putzfrau, Markus, den Gärtner, dann sind da noch Karl Anton und Paula, die sich um die Pferde kümmern.«

Engler nickte: »Hast du die Möglichkeit in Erwägung gezogen, dass Hendrik seinen Vater vergiftet haben könnte?«

»Ich würde es ihm zutrauen«, warf Alex ein.

Christa schüttelte entschieden den Kopf. »Hendrik mag schwierig sein, aber so etwas würde er nicht tun«, entgegnete sie. »Niemals. Es muss etwas mit dem Herz gewesen sein«, sagte sie.

»Mama, hör auf, das bringt doch nichts«, beschwichtigte Sylvia.

»Aber das hat doch keinen Sinn«, beharrte Christa. »Hendrik erbt doch nichts. Das gesamte Testament ist ja auf mich ausgestellt.«

»Außer einem Pflichtteil.« Der Kommissar räusperte sich. »Aber du hast recht, Christa, am meisten profitierst du.«

Christa begann wieder zu zittern.

»Vielleicht haben Sie Verständnis«, sagte Alex an den Kommissar gewandt, »dass Vaters Tod für uns alle, vor allem für meine Mutter, ein tiefer Schock ist. Wir haben alle eine anstrengende Nacht hinter uns. Vielleicht ist es besser, wenn Sie jetzt gehen, das verstehen Sie doch.«

»Natürlich, ich wollte ohnehin gerade gehen. Es tut mir wirklich leid, dass ich nochmal stören musste.«

»Sie tun ja auch nur Ihre Pflicht«, sagte Alex und gab dem Mann die Hand.

»Bemühen Sie sich nicht«, wehrte Engler ab, als Alex ihn hinausbegleiten wollte. »Vielleicht kümmern sie sich besser um Ihre Mutter.«

Er nickte Christa zu. Als er mir seine Hand reichte, fragte er: »Macht es Ihnen vielleicht etwas aus, mich hinauszubegleiten? Das wäre wirklich sehr freundlich.«

Der Schnee knirschte leise unter unseren Stiefeln. Gerd Engler hatte mich höflich gedrängt, »ein bisschen Luft« mit ihm »zu schnappen«; es war mir nichts anderes übriggeblieben, als mitzugehen.

»Wissen Sie«, sagte er, »manchmal sind gewisse Kräfte und, wie soll ich es sagen, gesellschaftliche und persönliche Rücksichten so stark, dass ich nicht geradeheraus kann mit meinen Ermittlungen, wenn Sie verstehen, was ich meine.«

Ich schüttelte den Kopf.

»So kommen wir nicht weiter«, sagte der Kommissar.

»Falls es ein«, er hielt kurz inne, »ein Geheimnis in dieser Familie gibt, dann wird es gut geschützt. Da ist ein massiver Widerstand, ich spüre das.«

»Wie meinen Sie das?«

Er blickte sich um, so als wollte er sich versichern, dass uns niemand hören konnte. »Ich habe das Gefühl, die Kinder wollen Ihre Mutter schützen.«

Ich sah ihn entgeistert an. Christa gegenüber hatte er sich wie ein schüchterner Junge verhalten, doch jetzt stellte er sie als Mörderin bloß.

»Das ist ungeheuerlich«, stotterte ich.

»Ich sehe an Ihrer Reaktion, dass sie auch schon darüber nachgedacht haben«, sagte Engler.

Ich nickte verstört. In Wahrheit gingen meine Gedanken viel weiter. Alex hatte –

Nein. Ich lachte hysterisch.

In diesem Augenblick kam ein alter Geländewagen die Einfahrt hochgefahren.

»Ich brauche Ihre Hilfe, Frau Steiner. Sie sind den ganzen Tag mit der Familie zusammen, sie genießen das Vertrauen ihres zukünftigen Mannes. Bitte versuchen Sie, für mich etwas herauszufinden. Es ist ja auch in Ihrem Sinn. Wenn Christa Marquard Ihren Mann vergiftet hat, kann niemand sie schützen.«

»Ich finde Ihre Unterstellungen ungeheuerlich«, wiederholte ich.

»Aber Sie können sich auf meine Hilfe verlassen«, fügte ich hinzu, um ihn loszuwerden. »Sobald ich etwas Ungewöhnliches beobachte, werde ich Sie darüber informieren.«

»Vielen Dank, Frau Satchmore, vielen Dank.«

»Steiner«, sagte ich und blickte ihn prüfend

an. »Nach der Scheidung habe ich wieder meinen Mädchennamen angenommen.«

»Entschuldigung, natürlich.« Engler schlug sich gegen die Stirn.

Ein Mann stieg aus dem Geländewagen und warf uns einen finsteren Blick zu. Karl Anton. Er ging um das Auto herum, um den Kofferraum zu öffnen.

»Frau Steiner«, sagte Gerd Engler leise. »Da ist noch etwas.«

Becky hatte uns entdeckt und kam kläffend über den Hof gelaufen.

»Es gab ja damals diesen schrecklichen Unfall«, sagte Gerd Engler. »Als die Verlobte, also ich meine, die erste Verlobte Ihres zukünftigen Mannes damals beim Klettern abgestürzt ist. Hier ganz in der Nähe.«

»Abgestürzt?« Ich sah ihn verwirrt an.

Engler versuchte, Becky abzuwehren, die an ihm hochsprang.

»Bei Fuß«, sagte Karl Anton. Die beiden Männer gaben sich die Hand.

»Gerd«, sagte Karl Anton.

»Herr Jäger«, sagte Engler.

»Herr Jäger war mein Deutschlehrer«, erklärte Engler. »Das ist wirklich sehr freundlich, dass Sie sich um die Familie kümmern, wirklich sehr freundlich, nach so einem tragischen Unglück.«

Dann stolperte Kommissar Engler über ein Stück Holz, das in der Einfahrt lag. Karl Anton sah mir nur kurz in die Augen, bevor er sich umdrehte und auf das Haupthaus zumarschierte, doch es war lang genug gewesen, um zu erkennen, dass auch er Gerd Engler immer unterschätzt hatte.

»Mir hängt ihr die Scheiße nicht an«, begrüßte uns Hendrik.

Gegen 21 Uhr hatten Alex und ich beschlossen, Hendrik in seiner Wohnung in der Innenstadt aufzusuchen. Er wohnte direkt gegenüber vom Schloss in einem alten, dreistöckigen Fachwerkhaus, an dem wir dreimal klingeln mussten, bevor er öffnete.

»Deshalb seid ihr doch hier.« Hendrik blickte uns verächtlich an, als wir den letzten Treppenabsatz nach oben stiegen. Er wohnte im Dachgeschoss.

»Mach mal halblang«, sagte Alex mit bebender Stimme. »Papa ist heute gestorben.«

Die Nachricht machte keinen Eindruck auf Hendrik. Feindselig ließ er uns eintreten.

Ein großer, loftartiger Raum tat sich auf, die dunklen Dachbalken und weiß getünchten Wände wirkten modern. Ich sah ein helles Sofa, einen antiken Sekretär, ein chinesisches Schränkchen; das Sofa hatte ein paar Flecken. Die Einrichtung erinnerte mich an Christa. Trotzdem blieben mir die Dinge fremd. Ich legte das Tütchen mit den Aprikosenplätzchen, die Christa mir für ihren Sohn mitgegeben hatte, wortlos auf den Küchentisch und setzte mich steif auf einen Hocker. Auch Alex wollte es sich nicht bequem machen. Er blieb neben mir stehen. Nur Hendrik fläzte sich in einen Sessel.

»Interessiert es dich gar nicht, wie Papa gestorben ist?«

Hendrik antwortete nicht. Auf dem Sofatisch stand ein großer Aschenbecher, zwei Zigarettenpäckchen lagen zerknüllt daneben, eine Tüte mit Tabak, loses Zigarettenpapier und allerhand Tütchen und Tabletten.

»Es besteht die Möglichkeit, dass Papa vergiftet wurde.« Alex sprach langsam und beobachtete seinen Bruder dabei.

Unvermittelt grinste Hendrik, als hätte jemand einen Schalter umgelegt.

»Hast du mich verstanden?« Alex sprach lauter: »Papa wurde vielleicht vergiftet.«

Hendrik lachte auf.

»Deshalb habe ich heute Morgen auch gleich bei den Bullen angerufen und gesagt, was ich gesehen habe«, sagte Hendrik. Jetzt beobachtete er uns.

Alex tat einen Schritt vor. »Du hast bei der Polizei…?«

»Klar. Ich wusste, dass man mir die Scheiße anhängen würde, deshalb habe ich das gleich mal geklärt.«

»Woher wusstest du, dass Papa tot war?«

»Das war ja wohl offensichtlich!« Hendrik rutschte vom Sessel auf den Boden, fasste sich mit beiden Händen an den Hals und begann zu würgen. »So was überlebt keiner, nicht mal der Alte.«

Alex fasste sich an die Schläfen, als versuchte er, das Gehörte zu verarbeiten.

»Ist doch klar, dass die versuchen, mir das anzuhängen«, wiederholte Hendrik. Seine Stimme klang jetzt schrill. »Klar, Mann, ich hab dem Alten den Tod gewünscht, von mir aus gibt es auch ein paar Typen, die das bezeugen können, und ja, ich bin vorbestraft, und dann noch die Scheiße mit dem Kredit.«

»Du hast gestern Nacht 4.000 Euro geklaut.« Alex' Augen verengten sich zu Schlitzen.

Hendrik reagierte nicht. Er drehte sich eine Zigarette.

»Aber es ist wie immer«, sagte er plötzlich in einem jammernden Tonfall. »Ich bin zu schwach. Und Sylvia zieht die Scheiße durch.«

»Sylvia?«

»Klar, Mann. Das hab ich den Bullen auch gesagt.«

»Warum Sylvia?« Alex konnte es offenbar nicht fassen.

»Weil ich gesehen habe, wie sie Friedrich was ins Glas getan hat.«

Ich habe Hendrik nie »Papa« oder »Vater« sagen hören.

»Das war Holundersirup«, sagte ich.

»Und ich bin der Kaiser von China.« Hendrik lachte. Er fühlte sich jetzt stark, das war nicht zu übersehen. Er sah im Gesicht seines älteren Bruders, dass er ihn besiegt hatte.

»Außerdem habe ich Beweise«, setzte er noch eins drauf. »Ich bin ja nicht blöd.«

»Was für Beweise?«, fragte Alex in sich zusammengefallen. Sein Anblick machte mich ganz elend.

Hendrik zog eine Plastiktüte hervor, in die etwas eingewickelt war. Es war eine Aldi-Tüte. »Ich habe es eingepackt. Morgen werde ich es der Polizei übergeben.«

Ich blickte aus dem Fenster auf eine alte, historische Straßenlaterne hinab.

»Lass uns gehen«, sagte Alex und nahm meine Hand. »Es wird dir niemand glauben«, zischte er seinem Bruder zu. Wir gingen ohne ein weiteres Wort.

Die Altstadt war wie ausgestorben. Unsere Schritte hallten auf dem Pflasterstein, einsame, zögernde Schritte. Kurz bevor wir das Auto erreichten, blieb Alex stehen.

»Warte«, sagte er und ging noch einmal zurück. Ich nickte.

Ein Pärchen ging an mir vorbei, sie lachten und verschwanden wieder in die Dunkelheit. Ich blickte hoch zu der Dachgeschosswohnung. Im Fenster brannte Licht. Bedrohlich neigte sich das Haus mir zu; die Etagen wurden breiter, je weiter es nach oben ging.

Ich drehte mich um. Das Schloss war beleuchtet. Von dieser Seite sah es nicht ganz so beeindruckend aus wie von der Donau-Seite, doch es reichte, um mich klein und ohnmächtig zu fühlen.

Ich ging ein paar Schritte in Richtung Marktplatz. Ein Plakat kündigte eine Hamlet-Vorstellung im hiesigen Theater an.

*Hamlet.* Tim, mein erster Mann, stammte aus der Nähe von Stratford-upon-Avon, der Geburtsstadt von William Shakespeares. An meinem 22. Geburtstag waren wir zusammen dort gewesen, zuerst im Geburtshaus, dann im Theater.

Ich ging weiter. Im schwarzen Schaufenster einer Konditorei sah ich mein weißes Gesicht auftauchen. *Hamlet.* Das Einzige, an das ich mich noch erinnern konnte, war Ophelia, die sich im Fluss ertränkt hatte. Ophelia, die von ihrem Geliebten zuerst in die Verzweiflung, dann in den Wahnsinn und am Ende in den Selbstmord getrieben worden war.

## 6. Kapitel: 26. Dezember

Über Nacht hatte es geschneit, eine weiße, kalte Decke hatte sich über alles gelegt, über Schloss Albstein, den Garten und mein Herz. In dicken Stiefeln bahnte ich mir einen Weg über den Hof, ich nickte Karl zu, der vor dem Haupthaus Schnee schippte.

Ich öffnete die Tür zum Pferdestall, drinnen war es kaum wärmer als draußen, meine Augen mussten sich zuerst an das Halbdunkel gewöhnen. Eine breite Stallgasse führte nach hinten, auf jeder Seite erkannte ich drei Boxen, die meisten davon standen leer.

»Sylvia?«, rief ich. »Bist du hier?«

Die Gitterstäbe der Boxen waren dunkelgrün gestrichen, die goldenen Knäufe gaben dem Stall etwas Nostalgisches. Zögernd ging ich weiter. Über einer verlassenen Box hing ein Schild: *Condé* stand in geschwungener Handschrift darauf.

Vor der letzten Box blieb ich stehen. Die Tür stand halb offen. Sylvia striegelte ein dunkles, schönes Tier, ohne aufzublicken. Eine Weile schaute ich still ihren gleichförmigen Bewegungen zu. Dann fragte ich: »Wie heißt sie? Es ist doch eine Stute, oder?«

Sylvia nickte. »Das ist Pünktchen.«

Sie hielt inne und deutete auf die benachbarte

Box: »Und das ist Anton. Pünktchen und Anton haben dieselbe Mutter.«

Der Atem der Pferde ging regelmäßig. Anton beobachtete uns aus großen, schwarzen Augen, die wie blankpolierte Murmeln glänzten. Seine Ohren waren gespitzt.

»Und Condé?«

»Condé war das berühmte Leibreitpferd Friedrichs des Großen. Papa hat seinen Wallach nach ihm benannt. Er ist letzten Sommer gestorben.«

»Es tut mir wirklich leid, was deinem Vater passiert ist«, sagte ich.

Sylvia sah mich an. Auch Pünktchen drehte ihren Kopf und musterte mich.

»Das habe ich auf Papas Schreibtisch gefunden«, sagte sie, griff in ihren Anorak und reichte mir den Zettel.

*Wie einer sündigt, so wird er gestraft*, stand darauf.

»Du musst das Engler geben«, sagte ich.

»Ja, ich weiß«, sagte sie.

»Ich habe heute Nacht davon geträumt«, fügte sie emotionslos hinzu. »Ich bekomme die Bilder nicht aus meinem Kopf.«

Sylvia trug eine dicke Wollmütze, ihr Gesicht war rührend schön. Sie fuhr fort, Pünktchen zu striegeln, und sprach: »Ich mache zwei bis drei Operationen am Tag. Ich löse den Menschen die

Haut vom Schädel, bevor ich ihr Gesicht straffziehe, ich sauge ihnen Fett ab, vor allem vom Bauch und den Oberschenkeln, ich zerschneide Brüste und setzte sie neu zusammen.« Sie streichelte zärtlich über Pünktchens Nüstern.

»Was ich sagen will, ich bin nicht zimperlich«, lächelte Sylvia und ich wusste nicht, ob Trauer oder Stolz in ihrem Lächeln lag. »Aber mein Herz rast, wenn ich an Papa denke. Vielleicht habe ich das Ganze ja nur geträumt? Jeden Moment rechne ich damit, dass er den Stall betritt und meinen Namen ruft.«

»Das ist ganz normal«, versuchte ich, sie zu beruhigen.

Sylvia schüttelte den Kopf. Sie biss sich auf die Unterlippe. Beide Pferde hoben aufmerksam den Kopf. Ich hielt den Atem an. Für einen Moment dachte ich, sie wollte mir den Mord gestehen.

»Als ich das Messer an seine Kehle gesetzt habe«, flüsterte sie, »da dachte ich, er sei bereits ohnmächtig. Doch Papa hat nochmal die Augen geöffnet und mich angesehen.«

Ich erschauderte.

»Es war ein liebevoller Blick«, sagte Sylvia. Dann schüttelte sie den Kopf: »Ich werde wohl auch schon langsam verrückt«, fügte sie hinzu.

»Na, mach mal Platz, altes Mädchen.« Sie gab Pünktchen einen Klaps auf den Po.

Das Pferd bewegte sich widerwillig in die andere Ecke.

Sylvia begann wieder, zu striegeln.

»Ich habe mich mit Papa längst versöhnt«, sagte sie mehr zu sich selbst als zu mir.

»Wie meinst du das, versöhnt? Hattet ihr Streit?«

»Nicht direkt«, sagte sie zögerlich. »Es ist auch schon ewig her, gute 20 Jahre, mein Gott, wie die Zeit vergeht. Wir haben damals noch in Hamburg gewohnt, und Papa leitete neben der Klinik ein großes Forschungsprojekt, in dem eine neue Anti-Baby-Pille entwickelt wurde.«

Sie stellte das Striegeln ein und lehnte sich an die Holzwand. Pünktchen schnupperte an ihrer Tasche. »Diese Pille wurde als mögliche Wunderpille gehandelt, weil sie in der Herstellung extrem günstig und in der Wirkung überdurchschnittlich verträglich sein sollte. Ein paar Kritiker haben aber von Anfang an davor gewarnt, dass diese Pille Gebärmutterhalskrebs auslösen könnte, bestimmte Tierversuche und Experimente wiesen darauf hin. Papa tat das immer als reinen Unsinn ab, als blanken Neid der Kollegen. Während einer Pressekonferenz prahlte er damit, dass diese Pille so sicher sei, dass er sie ohne Bedenken seiner eigenen Tochter verschreiben würde.«

Ich sah sie an. Mein Brustkorb wurde eng. Ich wollte nicht hören, was sie gleich sagen würde.

»Es ist nicht so, dass er mich gezwungen hätte«, sagte sie. »Ich war damals 17, ich wollte ohnehin die Pille nehmen, ich vertraute meinem Vater.« Sie lächelte bei der Erinnerung. »Ich habe regelrecht gebettelt, sie ausprobieren zu dürfen.« Sie schloss die Box. Sie stand direkt vor mir, als sie sagte: »Mit 24 wurden mir dann die Eierstöcke und die Gebärmutter entfernt, es gab keine andere Möglichkeit mehr.«

Ich schüttelte ungläubig den Kopf.

»O mein Gott«, sagte ich.

Sie setzte sich auf einen Strohballen, ich setzte mich neben sie.

»Vielleicht hatte es auch nichts damit zu tun«, fuhr sie fort. »Bei den anderen Testpersonen konnte zum damaligen Zeitpunkt prozentual keine wesentlich höhere Erkrankungsrate als beim Durchschnitt beobachtet werden.« Sie schwieg kurz. »Die Pille kam nie auf den Markt«, sagte sie dann.

Sylvia stand auf, um eine Decke für Pünktchen zu holen. Ich starrte ihr hinterher.

Über zehn Jahre habe ich gebraucht, um über meine Gefühle und die schlimmen Erlebnisse sprechen zu können. Es war fast genauso mühsam gewesen wie das Erlernen einer Fremdsprache. Sylvia hingegen redete über diese Dinge, als spräche sie über das Wetter. Es gab solche Frauen auch unter meinen Patientinnen: Je höher ihre Bildung und gesellschaftliche Stellung, desto freier sprachen sie über Probleme und Gefühle, die andere nicht einmal im engsten Familienkreise zu thematisieren wagten: postnatale Depressionen, Sex, kein Sex, Inkontinenz, Versagensängste, alles kein Problem.

»Das ist das Leben«, sagte Sylvia und kam mit einer großen Decke zurück. Sie schob die Boxtür wieder auf.

Manchmal fragte ich mich allerdings, ob diese Offenheit eine besonders perfide Schutzvorrichtung war, um etwas zu verbergen.

»Na komm.« Pünktchen ließ sich geduldig eindecken. Ich half Sylvia, die Laschen zu schließen. Unsere Hände berührten sich, als wir am Hals des Tieres angelangt waren.

Sylvia sah mich an und fragte: »Aber würde ein Vater, der seine Tochter wirklich liebt, so etwas tun?«

Selbst das sprach sie aus.

»Ich weiß es nicht«, log ich und konnte die Tränen nicht mehr zurückhalten. Sylvia nahm mich in die Arme und begann, mich zu trösten.

*War Alex schon mal verlobt?*, wollte ich fragen, doch ich bekam kein Wort heraus.

»Anne?« Das war Alex' Stimme. Er kam mit großen Schritten die Stallgasse entlang. Vor der Box blieb er stehen und starrte uns an.

»Hendrik ist tot«, sagte er. »Er wurde tot in seiner Wohnung gefunden.«

Seit über einer Stunde schippten wir Schnee: verbissen, ausdauernd, schweigend. Der Schneepflug der Stadt fuhr nur bis zu dem schmiedeeisernen Tor mit der Aufschrift *privat*. Bis dahin waren es noch mindestens zweihundert Meter.

»Das passiert einmal in zehn Jahren, dass man mit den Autos nicht mehr durchkommt«, sagte Alex und schüttelte den Kopf. Er trug eine Pelzmütze.

Sylvia sagte nichts. Sie schaufelte wie eine Maschine.

Plötzlich blickten alle auf: Ein dunkler, großer Wagen kämpfte sich mit Schneeketten den Weg herauf. Es war Kommissar Engler.

»Mein tief empfundenes Beileid«, sagte Gerd Engler an Alex gewandt. Ich starrte auf das Auto. Es war ein dunkler Mercedes. Es begann wieder zu schneien. Engler scharrte verlegen mit dem Fuß im Schnee. »Ich hoffe, Ihre Mutter findet Trost im Glauben.«

Wir gingen ins Haus.

Christa und Karl Anton saßen in der Küche. Mit offenen, ins Nichts gerichteten Augen saß Christa da, Karl Anton sprach leise auf sie ein. Er hatte seinen Arm um sie gelegt. Sie mussten uns kommen gehört haben, doch es schien ihnen egal zu sein. Erst als Engler gegen die geöffnete Küchentür klopfte, erhob sich Karl Anton und reichte ihm die Hand.

»Gerd«, sagte er und deutete auf einen Stuhl. »Erzähl.«

Wir setzten uns und starrten den Kommissar an. Seit über einer Stunde warteten wir auf Details, die man uns am Telefon nicht hatte geben dürfen.

»Atemstillstand«, sagte Engler.

Meine Wangen glühten. Es war heiß hier drin.

Engler räusperte sich: »Der Bluttest ergab eine hohe Menge Dicetylmorphin.«

»Heroin?« Alex schnellte nach oben. »Eine Überdosis?«

»Sieht so aus«, sagte Engler und blickte Christa mitfühlend an. »Aber vielleicht ist es ja wenigstens ein kleiner ... wie soll ich sagen ... ein kleiner ... Trost, dass Hendrik sich erklärt hat, bevor er aus dem Leben schied. Er hat eine Nachricht hinterlassen.«

Alle starrten den Kommissar an. Sylvia knackte mit den Fingern.

»Einen Abschiedsbrief?«, fragte Christa.

»Ein Schuldeingeständnis?« Karl Antons Frage klang wie ein Befehl.

»Im Prinzip ja.« Der Kommissar zog ein Papier

aus der Innenseite seines Jacketts hervor. Er reichte es Christa.

Christas Hand zitterte.

Das Papier war nicht in eine Klarsichtfolie gehüllt. Es war also kein Beweisstück, war mein erster Gedanke. Dann sah ich, dass es sich nur um eine Kopie handelte.

»Weil einer sündigt, da wird er bestraft«, nickte Engler. »Die Handschrift ist zwar ziemlich unleserlich, aber Herr Müller, unser Handschriftenexperte, ist sich relativ sicher.« Der Kommissar sah uns an, zuerst Alex, dann mich. »Oder wollen Sie nochmal einen Blick darauf werfen? Sie kennen die Schrift Ihres Bruders besser.«

Alex und ich starrten auf das Papier.

»Herr Müller hat recht«, sagte Alex, bevor ich den Mund öffnen konnte.

»Nach den Ereignissen, denke ich, ist klar, worauf sich der Satz bezieht«, sagte Engler und sah seinen ehemaligen Lehrer an.

Karl Anton nickte: »Tief im Innern war der Junge gläubig. Zuerst beging er Sünde an seinem Vater, dann erdrückte ihn das schlechte Gewissen.« Er räusperte sich. »Er hat sich selbst bestraft, vielleicht ist es das Beste so.«

Christa zuckte zusammen, und Karl Anton fuhr fort: »Der Junge war aber vor allem eins: Er war krank. Die Drogen haben ihn zerstört. Ich glaube nicht, dass er sich der Vorgänge bewusst war. Seine Handschrift zeigt, dass er nicht mehr klar bei Verstand gewesen sein kann.«

Christa weinte jetzt. Alex nahm sie in den Arm. Auch ihm liefen Tränen über die Wangen. Karl Antons Gesicht verschloss sich wieder. Das war das einzige Mal, dass ich ihn so lange reden gehört habe, und es war wie ein Beweis seiner Liebe.

»Das sehe ich genauso«, versicherte der Kommissar. »Leider habe ich schon viele junge Menschen kennengelernt, deren Leben von Drogen zerstört worden ist.«

Auch Kommissar Engler hatte feuchte Augen. Er war ein guter Mensch, dachte ich.

Christa putzte sich die Nase, und mitten durch den Schock, der noch immer deutlich in ihren Augen stand, kämpfte sich der befreiende Gedanke, dass nun alles ein Ende gefunden hatte.

Ich begleitete Engler hinaus.

»Es tut mir leid, dass ich Sie beunruhigt habe«, sagte er, als wir im Flur standen. »Ihnen noch weiterhin viel Glück.« Er gab mir die Hand.

Ich lächelte ihm zum Abschied zu.

Nachdem sich der Kommissar verabschiedet hatte, zog ich mich ins Gästehaus zurück, in dem Alex und ich untergebracht waren. Von hier aus hatte man den schönsten Blick: An der Rückseite des Gebäudes waren große Teile des Mauerwerks herausgebrochen und durch eine Glasfront ersetzt worden. Ein Gefühl der Erhabenheit stellte sich bei mir ein, als ich über das winterlich verschneite Donautal blickte.

Der einzige Schönheitsfehler war, dass man das Schloss der Hohenzollern von hier aus nicht sah.

Ich saß in dem altmodischen Sessel, der neben dem Bett stand, und ließ meinen Blick schweifen. Auf dem Beistelltisch lag meine Ledermappe. Ich war froh, dass ich mir Arbeit mitgenommen hatte, denn wie es aussah, würden wir bis zur Beerdigung hier bleiben. Alex meinte zwar, ich könne zwischendurch nach Berlin fliegen, schließlich hätte ich Verpflichtungen, doch es war mir nicht recht, ihn in dieser Situation alleine zu lassen. Der Sessel war mit roten und weißen Kirschblüten übersät.

*Sakura.* In Japan waren die Blüten ein Symbol für Schönheit, Aufbruch und Vergänglichkeit. In meinen Geburtsvorbereitungskursen verteilte ich immer kleine Zweige davon, die tiefgefroren in meiner Truhe lagerten und ausschlugen, sobald man sie in warmes Wasser stellte. In den Kursen betonte ich die Schönheit und den Aufbruch; die Vergänglichkeit verschwieg ich.

Draußen begannen die Konturen der weißlichen Hügellandschaft zu verschwimmen, obwohl es erst kurz nach 14 Uhr war. Ich zog das oberste Geburtsprotokoll aus meiner Mappe, auf dem Deckblatt standen das Datum und der Name: *22. Dezember 2013. Geburt Josephine Gamps.*

Josephine Gamps, eine 34-jährige Konditorin, hatte eine komplikationslose Schwangerschaft erlebt, wenn man von dem leichten Diabetes im neunten und zehnten Monat absah, die ich bei einer Konditorin für selbstverständlich hielt. Am vorherigen Sonntag, es war der Abend des 22. Dezembers, kam sie mit starken Rückenschmerzen in die Charité, ihr Muttermund war bereits sechs Zentimeter geöffnet. Josephine hatte sich für eine Wassergeburt entschieden, ich machte ihr einen Einlauf, und sie stieg in die Wanne. Gegen 23 Uhr wurden die Herztöne des Kindes schlechter, und ich forderte sie auf, aus dem Wasser zu kommen. Ich holte den Arzt und plädierte für einen Kaiserschnitt. Doch dann setzten unerwartet die Presswehen ein, es waren nicht mehr als drei oder vier, und das Kind war da. Es war ein Junge. Der Kleine hatte die Nabelschnur um den Hals gewickelt, was in der Regel für die schlechten Herztöne verantwortlich war. Ich legte ihr das Kind auf den Bauch. Josephine liefen Tränen über das Gesicht. Auch ich musste weinen. Das Kind lebte.

Ich ging meine handschriftlichen Notizen durch. Leider hatte ich mir angewöhnt, das Protokoll während der Geburt nur in Stichworten festzuhalten, um mich voll und ganz der Patientin widmen zu können. Das bedeutete allerdings doppelte Arbeit: Ich nahm meinen Laptop zur Hand und begann, das Ganze in Reinform zu bringen.

»Du arbeitest?« Plötzlich stand Alex in der Tür.

»Ich versuche, mich irgendwie abzulenken«, gab ich zu.

Er nickte. »Zum gleichen Zweck wollte ich spazieren gehen. Kommst du mit?«

»Und Christa?«

»Sie schläft jetzt. Ich habe ihr ein Beruhigungsmittel gegeben.«

Ich nickte zögerlich. Draußen war es klirrend kalt. Die Wege waren verschneit. Doch ich spürte, dass Alex mit mir allein sein wollte.

»Können wir nicht hier reden?«, fragte ich.

»Ich brauche dringend Bewegung.« Alex blickte mich an. Er lächelte kraftlos.

*Bitte nicht.* Ich wandte mich ab.

Das Bild seines brutal verzerrten Mundes hatte sich vor sein Lächeln geschoben. Seit wir das letzte Mal zusammen geschlafen hatten, verfolgte es mich. Im Grunde war es keine Leidenschaft mehr gewesen, die Alex in der Weihnachtsnacht ergriffen hatte, sondern ein regelrechter Furor. Eine Angriffslust, die mich zum Ziel gehabt hatte.

»Alex«, sagte ich, nachdem wir etwa eine Viertelstunde schweigend an der Straße entlanggestapft waren.

»Alex?«

Er bog auf einen Pfad ab, der in den Wald führte. »Was war in dem Glas, das du deinem Vater gegeben hast?«

Alex blieb stehen. Er sah mich irritiert an. »Du verdächtigst mich?«

»Alex«, flüsterte ich. »Es ist nur, Sylvia meinte, dass du vielleicht … Aber hör zu. Ich liebe dich. Es wäre mir egal, was du getan hast«, fuhr ich fort, nachdem er seinen Blick gesenkt hatte. »Du kannst es mir sagen. Ich werde zu dir halten, egal, was passiert. Du wirst deine Gründe haben, aber ich möchte, dass du mit mir darüber redest, verstehst du? Ich bin deine Frau, Alex, keine Fremde. Sylvia hat gesehen, wie du deinem Vater das Glas Champagner gegeben hast. Und ich auch. Ist es wegen Christa? Was war drin?«

Alex lachte seltsam. »Es war Champagner, Schatz.« Er drehte mir den Rücken zu und setzte den Weg fort. Schweigend gingen wir ein Stück, Alex etwa einen Meter vor mir. Der Wald wurde immer dichter. Der Schnee war nicht durch die Baumkronen gedrungen, so eng standen die Bäume, schwarze, lange, kahle Stämme. Waren das Buchen? Der Waldboden war hart und vereist, doch Alex ging immer schneller. Die Luft war eiskalt. Ich hatte die Mütze tief ins Gesicht gezogen, den Schal über den Mund gewickelt und spürte die feuchte Stelle, wo mein Atem auf den Stoff traf.

»Alex?«

Plötzlich war Alex zehn Meter voraus.

»Alexander!«, rief ich.

Doch Alex war weg. Ich blieb stehen. Mein Atem hing weiß in der Winterluft. Wo war er?

Langsam ging ich weiter. Ich kam an eine scharfe Biegung, die er genommen haben musste, und tastete mich über ein Schneefeld, denn hier führte der Weg wieder ins Freie. Auf einer Aussichtsplattform erkannte ich eine dunkle Silhouette.

»Alexander!«

Er drehte sich um. Obwohl ich es nicht genau erkennen konnte, spürte ich, dass er lächelte. Hinter ihm erhob sich majestätisch das Schloss der Hohenzollern, als würde es in der Luft schweben.

»Was soll das?«

»Schau dir das mal an.«

Ich ging zu ihm. In der Tat war es ein phantastischer Blick, doch es hatte wieder angefangen zu schneien, es waren kleine, feine Flocken, die mir Angst machten. Die Aussichtsplattform war ein Felsvorsprung, der nur notdürftig mit einem Holzgeländer gesichert war. Zwei Bäume rahmten das Ganze. Weiter vorne stand eine Bank.

»Das war früher mein Liebesnest«, sagte Alex. »Im Sommer wachsen die Bäume zusammen wie eine Laube.«

»Alex«, sagte ich. »Warst du schon mal verlobt?«

»Ach, das ist es.« Er sah mich lange an. »Hat meine Mutter gequatscht? Verlobt kann man das eigentlich nicht nennen. Ich war damals 20, höchstens 21, aus Übermut steckten wir uns Ringe an die Finger, wie das halt so ist.« Seine vernünftige Stimme beruhigte mich. Er hakte sich bei mir unter.

»Und dann?«

»Nichts.«

»Wie? Nichts?«

»Es wurde nichts daraus. Natürlich nicht. Sie studierte in Tübingen, ich in Hamburg, man verlor sich aus den Augen. Später hatte sie dann einen schrecklichen Unfall.«

Sein Arm hielt mich fest.

»Was ist passiert?«

»Sie stürzte von einem Felsen, hier in der Gegend. Sie war eine begeisterte Kletterin.«

Ich nickte. »Und du? Was hast du getan?«

»Ich?« Er klang beinahe amüsiert. »Ich war nicht dabei. Natürlich nicht.«

»Alex!« Ein gellender Schrei kam aus meiner Kehle. Ich rutschte. Angstvoll klammerte ich mich an Alex.

»Anne«, stotterte er erschrocken über meine heftige Reaktion. »Was ist denn los?«

Mir war schwindelig. Es war nichts. Für einen Moment dachte ich nur, ich würde abrutschen. Zitternd klammerte ich mich an Alex und begann zu weinen, bis er mich zu sich zog. Ich schloss meine Augen, bevor wir uns küssten. Alex' Lippen waren eiskalt, sogar seine Zunge.

Am Abend des 26. Dezembers saß ich mit Sylvia in der Sauna. Der Keller von Schloss Albstein enthielt einen komplett ausgestatteten Wellnessbereich, neben der Sauna gab es einen Ruhebereich, einen Pool und ein Solarium. Der Ofen knackte. Sylvia lag in der Sauna bäuchlings auf der obersten Stufe, den Kopf von mir abgewandt, und bewegte sich nicht. Hatte sie mich überhaupt gehört?

»Ich mache mir Sorgen«, wiederholte ich. »Um Alex.«

»Wie meinst du das?«

Ich lag auf dem Rücken und starrte auf ein Astloch in der Holzdecke.

»Er schreit im Schlaf«, sagte ich wahrheitsgemäß. Dass er »Papa« und »Nein, nicht« geschrien hatte, sagte ich nicht.

»Ist das verwunderlich? Nach allem, was passiert ist?« Sylvia klang müde. In der Uhr rieselte der Sand herab.

»Da ist noch mehr«, sagte ich und rollte von der Rückenlage wieder auf die Seite.

Auch Sylvia drehte ihren Kopf; schläfrig sah sie mich an.

»Was?«

»Darf ich dich was fragen?«

»Klar.«

»Ist Karl Anton der Vater von Alex?«

Sylvia setzte sich auf. Zwischen ihren Brüsten rann der Schweiß nach unten. »Hat Alex das gesagt?«, fragte sie überrascht.

»Nein, nicht direkt. Aber Christa war doch schon schwanger, als sie geheiratet haben? Für die damalige Zeit war das höchst ungewöhnlich, oder?«

Sylvia zuckte mit den Schultern und band sich die Haare zu einem Dutt zusammen. Immer wieder musste ich auf ihre Brüste starren, perfekte Mädchenbrüste, die vollkommen echt aussahen.

»Außerdem«, fuhr ich fort und dachte an das Gesicht von Karl Anton, wie es sich geöffnet hatte, als Christa erschienen war. »Ich habe Alex in seinem Gesicht erkannt.«

»Es gab mal Gerüchte«, sagte Sylvia und begann, ihren Nacken zu dehnen, indem sie den Kopf schief legte. »Aber Mama beharrt darauf, dass sie falsch sind. Außerdem«, sie legte den Kopf auf die andere Seite, »Papa ist Frauenarzt. Er hätte das gemerkt. Ich glaube nicht, dass er es einfach so hingenommen hätte.«

»Außer …«. Sie verstummte.

»Sylvia«, sagte ich, von einer plötzlichen Unruhe ergriffen. »Alex war gestern Nacht nochmal oben bei Hendrik gewesen, er war alleine dort, verstehst du?«

Als Alex zurückgekommen war, hatte sein Gesicht seltsam versteinert gewirkt. Ich fragte ihn nicht, was er dort oben getan hatte.

»Nein«, sagte Sylvia.

»Was nein?«

»Er war nicht allein.«

»Nicht allein?«

»Ich war auch da.«

*Also doch.*

»Sylvia«, sagte ich und atmete die heiße Luft ein. »Habt ihr Hendrik umgebracht?«

»Warum hätten wir das tun sollen?«

»Weil ihr gedacht habt, dass er Friedrich ermordet hat?«

»Das ist doch Quatsch.«

*Weil ihr einen Zeugen aus dem Weg räumen wolltet*, waren die Worte, die ich mich nicht auszusprechen traute.

Mein Körper fühlte sich unendlich schwer an, als ich zurück auf den Rücken rollte. Der Schweiß drang mir plötzlich aus jeder Pore, er rann an meinem ganzen Körper herab, an den Schenkeln, Brüsten, er sammelte sich im Bauchnabel. Dann begann etwas in meinem Kopf zu hämmern. Es war mein eigener Herzschlag im Ohr.

»Hendrik hat Selbstmord begangen«, hörte ich Sylvia. »Du hast doch gehört, was Kommissar Engler gesagt hat.«

»Aber der Zettel«, wimmerte ich und schleppte mich auf die unterste Stufe. Mein Kreislauf spielte verrückt. »Es war derselbe Zettel wie bei Daniela Wächter.«

»Was beweist das schon?« Sylvia schüttete einen Löffel Wasser auf den Ofen. Es zischte. »Hendrik hat das damals am meisten mitbekommen, Papas Affäre mit Daniela Wächter, meine ich, er wohnte ja zu der Zeit noch zu Hause. Ich glaube zwar nicht, dass er am 13. Dezember in Dresden war, aber hast du das überprüft? Egal. Hendrik hat auf jeden Fall gewusst, wie Daniela Wächter gestorben ist und was auf dem Zettel stand.«

Sie setzte sich wieder. Ihr Schamhaar war schwarz. Also war sie doch keine echte Blondine, ging mir durch den Kopf.

»Hendrik war schon immer der typische Trittbrettfahrer«, sagte sie. »Vielleicht fühlte er sich mies, dass er Papa aus reiner Habgier umgebracht hat. Vielleicht fiel ihm der Spruch einfach wieder ein, bevor er sich den letzten Schuss gesetzt hat, vielleicht dachte er in diesem Moment, das rechtfertige seine Tat.«

»Aber ich will ehrlich sein.« Etwas in Sylvias Stimme alarmierte mich. Ich setzte mich auf, doch ich musste mich wieder hinlegen, so schwindelig wurde mir.

»Ich mache mir Sorgen«, sagte sie liebevoll. »Um dich.«

Sylvia sah mich an. Im Gegensatz zu ihrer Stimme war ihr Blick scharf wie ein Skalpell: »Du verbirgst etwas, Anne. Wird es nicht langsam Zeit, darüber zu reden?«

## 7. Kapitel: 27. Dezember

»Anne, Kind«, sagte Christa und streichelte mir über das Haar, als ich am Küchentisch zu weinen anfing. »Weine ruhig, das tut uns allen gut.«

Es war Freitagmittag, Alex und Sylvia waren beim Bestatter, Christa würde gleich Besuch von ihrer Schwester bekommen, Karl kümmerte sich um die Pferde.

Zu allem Unglück hatte ich das Gefühl, dass nicht nur Sylvia, sondern auch Frey misstrauisch geworden war. Ich hatte mich lange am Telefon mit ihm beraten, doch anstatt mich zu trösten, wie es sonst seine Art war, sagte er: »Hör mir jetzt gut zu, Anne.«

»Anne?«, hatte er geschrien, als ich nicht gleich antwortete.

»Ja?«

»Du kommst jetzt sofort nach Berlin.«

»Ich kann nicht.«

Schweigen. Dann schließlich: »Okay. Dann faxe ich dir ein Rezept, jetzt gleich, geh bitte sofort zur nächsten Apotheke und nimm diese Tabletten. Versprichst du mir das, Anne?«

»Ja.«

»Und sobald du am Dienstag landest, kommst du zu mir. Hörst du, Anne?«

»Ja.«

Ich gab ihm die Faxnummer von Friedrichs Büro, das keiner mehr betrat.

»Ich glaube, ich lege mich ein bisschen hin«, sagte ich zu Christa und schnäuzte in eine Weihnachtsserviette.

»Tu das, Kind.« Christa sah mich an, als lächelte sie. Es war der geläuterte Schmerz einer Heiligen. »Ein bisschen Ruhe können wir alle gebrauchen.«

Ich saß in dem Sessel mit den Kirschblüten und blickte über die Stadt, die sich langsam in ein Lichtermeer verwandelte. Es war kurz nach 16 Uhr. Auf dem Tischchen neben mir stand eine Tasse Johanniskraut-Tee. Daneben lag meine Arbeitsmappe, doch ich hatte keine Eile. Der Anblick dieser Winterwelt, die langsam in der Dämmerung versank, war magisch. Der Hang gegenüber fiel in sanften Hügeln ab, die Lichter der Häuser nahmen zu, je weiter man ins Tal kam, ein rötlicher Streifen durchzog das bläuliche Grau. Ab und zu schimmerte der Schnee wie das Hochzeitskleid, das Sylvia für mich ausgesucht hatte.

Meine Gedanken wanderten zu Daniela Wächter.

Es war exakt vor zwei Wochen gewesen, am Freitag, dem 13. Dezember. Zu dieser Uhrzeit ahnte Daniela Wächter noch nicht, dass der Vortrag von Dr. Alexander Marquard der letzte Vortrag war, den sie in ihrem Leben hören würde.

Sie ahnte nicht, dass ihr nur noch vier Stunden blieben. Oder doch? Manchmal hatte ich das Gefühl, der Berufsstand der Hebamme brachte es mit sich, dass wir besonders empfänglich waren für Ahnungen. Denn mitten in Alex' Vortrag – er sprach von neuen Möglichkeiten der Herzchirurgie bei Neugeborenen – drehte sie sich plötzlich um. Sie sah mich an. Aus ihrem Blick habe ich ein Einvernehmen gelesen.

Daniela Wächter hatte vier Reihen vor mir gesessen, wir hatten an diesem Tag noch kein Wort miteinander gewechselt, doch plötzlich drehte sie sich um und sah mich an, als wollte sie mir etwas sagen.

*Ich habe auf dich gewartet.*

Waren seitdem wirklich erst zwei Wochen vergangen? Der Gedanke kam mir seltsam vor. Die Zeit hüllte mich ein wie Nebel, wie ein Gespenst, das unmerklich seine Form verändern konnte. Zwei Wochen waren eine Ewigkeit, dann wieder Sekunden, in denen sie mich immer wieder ansah. Daniela Wächter. Mit ihrem Tod fing alles an.

*Nein. Es fing schon viel früher an.*

Ich nahm meine Arbeitsmappe. Zärtlich strich ich über den Ledereinband. Es würde noch dauern, bis Alex und Sylvia vom Bestatter zurückkamen; immerhin mussten zwei Beerdigungen organisiert werden. Niemand konnte mich stören.

Ich öffnete die Mappe und zog einen alten DIN-A4-Umschlag aus dem Innenfach, mein Puls ging schneller, als ich die Blätter herausnahm. Außerdem befand sich ein 106 Zentimeter langes Rollenpapier in dem Umschlag, das übliche, dünne Papier, auf dem ein CTG aufgezeichnet wurde; es war ebenfalls auf DIN-A4-Größe zusammengefaltet.

Ich löste die Büroklammer. Sechs Blätter waren es insgesamt. Das Deckblatt war leicht vergilbt. Außer dem Datum stand noch ein Name darauf: *24. Dezember 1997. Zum Fall von Anne Satchmore.*

Das Protokoll begann mit der Kopie eines Geburtsberichts:

*15:30 Aufnahme im Krankenhaus, regelm. WT alle 5 Min.*
*20:00 Info Prof. Dr. Marquard über Patientin*
*20:45 kräftige WT, Ht z. T. eingeschränkt, Lagerung in Seitenlage, Ht wieder erholt*
*21:15 Visite Dr. Lars Jordan. CTG gesehen.*
*21:35 Visite Dr. Jordan. CTG gesehen.*
*21:55 Visite Dr. Jordan. CTG gesehen.*
*22:05 Info Prof. Dr. Marquard. CTG gesehen.*
*22:08 Entschluss zur vorzeitigen Entbindung.*
*22:15 Geburt eines asphyktischen, blassen Knaben. Nabelschnur 3 x straff u. d. H. gewickelt, Fruchtwasser bei Geburt grün.*

*22:45 Feststellung des Todes durch Prof. Dr. Friedrich Marquard (Chefarzt), Dr. Lars Jordan (Assistenzarzt) und Dr. Ling-Ni (Anästhesist).*
*23:00 Überstellung der Patientin auf Intensivstation.*

Asphyktisch bedeutete *erstickt, der Erstickung nahe*, eigentlich *pulslos*. Ich hatte das Wort für lange Zeit vergessen.

Draußen nahmen die hellen Farbtöne ab, das dunkle Grau, das aus den Wäldern kam, nahm zu.

Ich faltete das CTG auseinander: Die obere Kurve zeichnete die Herztöne des Kindes auf, das wurde mit Ht abgekürzt, die untere Kurve parallel dazu die Wehentätigkeit der Mutter, dafür stand WT. Heute lese ich ein CTG so sicher wie mein Gesicht im Spiegel. Auf diesem CTG war bereits um 20.45 Uhr – also zwei Stunden vor der eingeleiteten Geburt – deutlich eine Bradykardie zu erkennen, das war eine verlangsamte Herztätigkeit des Kindes. Ab 21 Uhr wurden die Herztöne dann pathologisch, krankhaft. In so einem Fall musste jede Hebamme zumindest auf eine Mikroblutuntersuchung drängen, um Sicherheit über den Zustand des Kindes zu bekommen.

*Warum hat niemand etwas getan?*

Ab 22 Uhr riss die Kurve mit den Herztönen des Kindes immer mehr ab. Man nennt das einen sinusoidalen Verlauf. So eine Kurve wird – so das

Lehrbuch von Friedrich Marquard – einem sterbenden Kind zugeordnet. In diesem Fall zählte jede Sekunde.

*Warum tat denn niemand etwas?*

Fünfzehn Minuten später kam das Kind tot zur Welt. Ein asphyktischer, blasser Knabe. Dreimal war die Nabelschnur um seinen Hals gewickelt.

*Warum?*

Daniela Wächter hatte den Brief mit den Unterlagen laut Poststempel am 26. September 2003 an meine Mutter nach Dresden geschickt, weil sie meine Berliner Adresse nicht ausfindig habe machen können. Frau Wächter wollte mir alle Unterlagen zur Verfügung stellen, die ich brauchte, um vor Gericht gehen zu können: neben dem CTG vor allem ihren Bericht, der anders als das offizielle Geburtsprotokoll lautete. Außerdem sei sie dazu bereit, vor Gericht auszusagen, auch wenn sie sich damit selbst belasten müsse.

Doch meine Mutter hatte das Ganze einfach in eine Kiste gesteckt. Vielleicht sah sie es als ein Beweis dessen, dass wir schon wegen unserer genetischen Veranlagung nicht glücklich werden konnten.

Nach Mamas Tod fand ich nicht nur meinen ersten Zahn in der Kiste, sondern auch das Protokoll jener Nacht. Der Name *Marquard* war ein Schock für mich gewesen. Ich befand mich Anfang Februar ja gerade in der Hochphase meiner Verliebtheit mit Alex. Dreimal habe ich mich übergeben, nachdem kein Zweifel mehr bestand, dass es sich um Alex' Vater handelte. Dann sprach ich Alex auf die Mailbox, dass es Schluss sein müsste; wir hätten einfach keine Zukunft, sagte ich und legte auf.

Doch bei der Beerdigung meiner Mutter wurde mir klar, dass die Begegnung mit Alex Schicksal war: Alexander, der Sohn, würde das wiedergutmachen, was Friedrich, der Vater, mir genommen hatte: mein Glück. Mein Kind.

*Warum musste es sterben?*

Draußen begann sich die Dunkelheit zu verwandeln. Eine schwarze Wand zog sich zusammen, die alles schluckte. Immer wieder ließ ich meinen Blick über Sigmaringen gleiten, eine Insel aus Licht, während ich den Bericht von Daniela Wächter las:

*Meine Schicht begann am 24.12.1997 offiziell um 22 Uhr. Doch ich war bereits ab 19 Uhr in der Klinik, weil Prof. Marquard mich darum gebeten hatte. Er wollte mich noch einmal sehen, am nächsten Tag begann sein Urlaub.*

*Frau Satchmores Schwangerschaft war ohne Komplikationen verlaufen. Sie war in guter körperlicher und psychischer Verfassung. Sie hatte alle Untersu-*

*chungen der Vorsorge wahrgenommen, alle Befunde waren negativ. Frau Satchmore erwartete einen kerngesunden Knaben. Wir rechneten nicht mit Komplikationen.*

*Frau Satchmore war die einzige Gebärende in dieser Nacht. Die Räume, auch der Kreißsaal, waren weihnachtlich dekoriert, Frau Satchmore hatte nichts dagegen, dass Weihnachtsmusik lief. Obwohl ihre Wehen ab 19 Uhr kräftiger wurden, machte sie nicht den Eindruck, als hätte sie starke Schmerzen. Das bestätigte mich in der Annahme, dass diese Frau eine einfache Geburt haben würde. Deshalb machte ich mir keine Sorgen, dass ausgerechnet Karin die Schicht vor mir hatte. Karin war damals noch sehr unerfahren, sie kam direkt von der Hebammen-Schule.*

*Gegen 20.30 Uhr kamen Kinder aus der Kinderklinik herüber und sagten ein Weihnachtsgedicht auf: Von drauß' vom Walde komm ich her. Als die Kinder wieder gingen, war Frau Satchmore schweißgebadet, doch sie verlangte immer noch nicht nach einer PDA. Das bekräftigte mich in meinem Eindruck, dass sie besonders stark und vital war.*

*Gegen 20.45 Uhr kam es zu einer Irritation: Die Herztöne des Kindes gingen dramatisch nach unten. Doch Karin überredete Frau Satchmore zu einer Seitenlage. Tatsächlich erholten sich die Herztöne wieder, auch wenn sie fortan nicht mehr so stabil waren wie zuvor.*

*Obwohl ich jetzt nicht mehr ganz so ein gutes Gefühl hatte, zogen sich Prof. Marquard und ich gegen 21 Uhr in sein Büro zurück. Uns blieb nur noch diese eine Stunde, danach hatte ich Nachtdienst, dann fuhr er in Urlaub. Unser Verhältnis war zu dieser Zeit noch frisch. Prof. Marquard gab seinem Assistenzarzt Dr. Lars Jordan Anweisung, ihn nur im größten Notfall zu stören.*

*Um 21:50 Uhr kam ich wieder in den Kreißsaal. Frau Satchmore schrie jetzt ohne Unterlass. Jede Gebärende schreit, doch diese Schreie waren anders. Ich blickte auf das CTG, dann fragend in Karins Gesicht. Dr. Jordan tat, als habe er mit der Sache nichts zu tun. Jetzt musste es schnell gehen. Die Herztöne des Kindes waren bereits sinusoidal. Ich stellte die Weihnachtsmusik ab und holte Prof. Marquard, der ohne Betäubung eine Episiotomie (Dammschnitt) vornahm. Frau Satchmore schien das Bewusstsein verloren zu haben, die Wehentätigkeit war gleich null. Ich griff nach der Saugglocke und zog.*

*Das Kind hatte die Nabelschnur mehrmals um den Hals gewickelt und war schneeweiß. Noch nie habe ich ein so weißes Kind gesehen. Herz und Atmung standen still. Prof. Marquard trug es hinaus, rief den Kollegen von der Neonatologie und versuchte, es wiederzubeleben.*

*Später sah ich, wie Prof. Marquard und sein Assistenzarzt Dr. Jordan zusammensaßen, um das*

*Geburtsprotokoll zu schreiben. Zwei Stunden später gingen beide nach Hause, um mit ihren Familie Weihnachten zu feiern.*

*Nach seinem Urlaub habe ich Prof. Marquard zur Rede gestellt. Sein Assistenzarzt habe die Situation richtig eingeschätzt, meinte er nun, für einen Kaiserschnitt sei es zuerst zu früh und dann zu spät gewesen. Der Herzfehler, der zum Tode führte, könne nur vor der Geburt eingetreten sein. Das Ganze sei ein tragisches Unglück, meinte er.*

*Ich habe Dr. Lars Jordan zur Rede gestellt. Warum er nicht früher reagiert habe? Das sei kein gutes CTG gewesen, meinte er, das müsse man sagen. Vielleicht hätte es etwas gebracht, einen Kaiserschnitt zu machen, das müsse man ebenfalls sagen. Aber er hätte schon mal einen ähnlichen Fall erlebt, da sei dann die Mutter gestorben. Und hätte man das gewollt? Man könne nicht alles kontrollieren, meinte er. Es gäbe immer ein Risiko im Leben.*

*Ich habe Karin zur Rede gestellt. Ihre Naivität war grenzenlos. Sie habe bereits um 21:20 Uhr geahnt, dass da etwas mit der Nabelschnur sei, sagte sie. Auf meine Frage, warum sie dann nicht reagiert habe, verwies sie auf den Arzt; wenn er das CTG gesehen habe, dann müsse das doch in Ordnung sein. Sie habe noch nie ein so weißes Kind gesehen, sagte sie noch.*

Weiß wie Schnee. Ich blickte noch einmal hinaus, bevor ich den letzten Absatz las, den Daniela

Wächter mit einem anderen Stift dem Bericht hinzugefügt hatte:

*Anmerken möchte ich noch, dass auch bei der medizinischen Versorgung von Frau Satchmore Fehler begangen wurden. Frau Satchmore muss gegen 22 Uhr das Bewusstsein verloren haben, bei der Geburt und durch den Dammschnitt verlor sie viel Blut. Trotzdem lag sie über eine halbe Stunde unversorgt im Kreißsaal, weil sich alle um das Kind kümmerten. Diese lange Zeitspanne mag dazu beigetragen haben, dass Frau Satchmore aus der Ohnmacht nicht mehr erwachte. Erst gegen 23 Uhr wurde sie auf die Intensivstation gebracht und angemessen medizinisch versorgt. Da war sie bereits in ein Koma gefallen. Als sie nach vier Wochen wieder erwachte, spürte ich die Erleichterung bei allen Beteiligten, dass sich Frau Satchmore an nichts mehr erinnern konnte.*

War da ein Auto vorgefahren? Kamen sie zurück? Ich lauschte, doch alles schien ruhig. Ich nickte. Ohne Daniela Wächter wäre das Ganze nie ans Tageslicht gekommen. Aber hoffte sie wirklich auf mein Verständnis für das, was sie getan hatte?

Ich nahm einen Schluck Tee und starrte vor mich hin.

Nach dem Tod meiner Mutter begriff ich plötzlich, warum ich jedes Jahr in der Nacht des 24. Dezembers von Schmerzen heimgesucht wurde, die den Schmerzen einer Gebärenden ähnlich waren.

Ich begriff, warum ich bei den Geburten meiner Patientinnen so emotional reagierte; sie erinnerten mich an meine eigene Geburt. Ich begriff, dass *Last Christmas* das Letzte gewesen sein muss, das ich hörte, bevor ich für lange Zeit das Bewusstsein verlor. Ich begriff auch, warum mir das Gedicht *Von drauß' vom Walde* immer unheimlich gewesen war.

All das begriff ich, nachdem ich den Bericht von Daniela Wächter gelesen hatte, doch ich erinnerte mich nicht daran.

Bis vorgestern Nacht.

Als ich auf dem schwarzen Perserteppich das Bewusstsein verloren hatte, war ich wieder dort gewesen: im Kreißsaal der Dresdener Frauenklinik. Ich sah, wie jemand ein weißes Bündel hinaustrug, und ich spürte, wie ich zu schreien versuchte, doch es ging nicht. Luka, wollte ich schreien.

*Luka.* Sein Name war mir wieder eingefallen. Frey hatte also recht behalten. Ich war zum Ursprung meiner Angst gereist. Und es stimmte: Ich war stärker als sie.

Im Grunde haben doch weder Daniela Wächter noch Friedrich Marquard auf Verständnis gehofft, sondern auf Erlösung. In Mamas Kiste habe ich nicht nur den Zahn und den Brief gefunden, sondern auch den Tod. Er lag dort in Form einer länglichen Durchdrückpackung für 8 Dragees, ohne Beipackzettel, ohne Schachtel. Anders als bei handelsüblichen Tabletten war auf die Aluminiumfolie kein Name geprägt, sondern ein Totenkopf.

»Anne?« Ich erschrak. Sylvias Stimme drang von unten herauf. War sie im Garten? Ich blickte angestrengt hinab, doch ich konnte nichts erkennen. Zur Vorsicht faltete ich das CTG zusammen und steckte es zurück in den Umschlag.

Habe ich erwähnt, dass Mama Chemie-Ingenieurin in der großen Fabrik war, in der das Fließband niemals stillstand? Dort wurde allerhand hergestellt, aber vor allem Schädlingsbekämpfungsmittel. Mama arbeitete in der Abteilung für Forschung und Entwicklung. Die Packung sah aus wie eine der üblichen Testpackungen, die in ihrem Labor herumlagen, doch warum versteckte Mama sie zu Hause? Das tat sie sonst nie.

Die Antwort lag nahe. Die Packung war für acht Dragees, doch eines fehlte. Im Grund überraschte es mich nicht, dass Mama sich diese Option immer offengehalten hatte. Wahrscheinlich zog sie aus dem Wissen, dass die Tabletten in ihrem Geheimversteck auf sie warteten, all die Jahre die Kraft, durchzuhalten.

Ich war mir sicher, dass Mama die erste Tablette selbst genommen hat. Deshalb war sie Anfang Februar so plötzlich verstorben; bei einer Krebspatientin im Endstadium dachte niemand an eine Obduktion.

Die zweite Tablette ging an den armen Gaston. Ich verfütterte sie nur ungern an Alex' Hund, doch ich sah keine andere Möglichkeit, zu testen, wie giftig die Dragees waren. Als Gaston nur wenige Minuten nach dem Mahl verendete, wusste ich, dass es sich um ein tödliches Gift handelte. Vielleicht wäre es gar nicht nötig gewesen, ihn danach von der Dachterrasse zu werfen, doch ich wollte kein Risiko eingehen; außerdem war er ja schon tot. Trotzdem habe ich danach fluchtartig das Haus durch den Hinterausgang verlassen und so stark gezittert, dass ich mich bei der Arbeit im Schwesternzimmer hinlegen musste. Die dritte Tablette war für Daniela Wächter bestimmt. Ich stellte fest, dass sich die Dinger leicht zu Pulver zermalmen ließen, das gut wasserlöslich war. Es war auch für mich ein Experiment, das Pulver in ihrem Sektglas aufzulösen. Ich wusste ja nicht, wie es schmeckte. Der Geruch zumindest war neutral. Also gab ich Frau Wächter das Glas Sekt persönlich, stieß mit ihr an und fragte: »Erinnern Sie sich an mich?« Die vierte Tablette ging an Friedrich Marquard.

Nein, ich tat sie nicht in seinen Champagner. Das war mir zu unsicher geworden. Denn Frau

Wächter hatte ihr Gesicht verzogen, als sie den Sekt trank, doch sie trank ihn, weil sie durch das Gespräch mit mir emotional stark aufgewühlt wurde. Alles, was sie in den Minuten vor ihrem Tod sagte, war: »Das schmeckt aber bitter.«

»Anne?«, rief Sylvia wieder. »Schläfst du noch?«

Für Friedrich habe ich das Pulver mit der Aprikosenmarmelade vermischt. Es war nicht ganz einfach gewesen, die Marmelade in das fertige Plätzchen zu spritzen, aber Friedrich hat nichts gemerkt. Er aß das Plätzchen, das ich ihm auf dem Weg ins Wohnzimmer von der Etagère reichte, und lächelte mich dabei an. Daniela Wächter starb nach vier Minuten, Friedrich Marquard nach zwölf, das Gift wirkte demnach langsamer, wenn man es in fester Form zu sich nahm.

Nein, die fünfte Tablette ging nicht an Hendrik Marquard. *Ihn* habe ich nicht umgebracht, das schwöre ich. Hendrik Marquard hatte mit Luka ja nichts zu tun gehabt. Warum hätte ich ihn umbringen sollen? Ich bin keine Mörderin, nicht in dem Sinne.

Außerhalb der Stadtgrenze war die Dunkelheit jetzt vollkommen.

Der Tod von Hendrik war mir unheimlich. Anfangs war ich einfach nur überrascht gewesen, doch von Stunde zu Stunde fürchtete ich mich mehr davor. Etwas stimmte da nicht. Der Zettel in seiner Hand sprach doch eindeutig gegen einen Selbstmord. Es *musste* Alex oder Sylvia gewesen sein. Oder hatte Sylvia doch recht mit der Trittbrettfahrer-Theorie?

»Anne, kommst du? Wir essen bald.«

Ich blickte auf die Uhr. Es war kurz vor 19 Uhr. Seit zwei Stunden saß ich hier, versunken in Erinnerungen und Kirschblüten, und fühlte mich seltsam geborgen. Ich legte meine Hände auf den Bauch. Die Waagschalen meines Lebens kamen langsam wieder ins Gleichgewicht. Für das Böse habe ich etwas Gutes bekommen: für Friedrich Marquard seinen Sohn Alex. Für Daniela Wächter Sylvia.

Doch letztlich konnte niemand, auch nicht Alex oder Sylvia, die Schale der Toten aufwiegen, denn in ihr lag mein Kind.

*Nichts.* Gar nichts?

Wenn andere Frauen das zu mir gesagt haben, dachte ich immer, sie seien verrückt: Sie hätten es sofort gespürt, sagten manche. Rein biologisch war das gar nicht möglich. Heute war der 27. Dezember, es waren erst drei Tage, seitdem ich mit Alex geschlafen hatte, doch ich spürte es ganz deutlich.

Nachdem es über ein Jahr bei Alex und mir nicht geklappt hat, sollte ich ausgerechnet in dieser

Nacht schwanger geworden sein? Auch dann hätte Frey recht behalten. Meine Phobie blockiere meinen Körper, meinte er; ich müsse mich davon befreien, dann stünde einer Schwangerschaft nichts mehr im Wege.

»Aaaaaanne!« Das war Alex. »Wir essen!«

Ich nahm die Tabletten aus der Ledermappe. Es waren noch drei drin.

»Schicksal«, hatte er gesagt. Schicksal war etwas, das man nicht vermeiden konnte. Ich nahm einen roten Stift zur Hand und machte einen Kreis um den Namen: Dr. Lars Jordan.

## 8. Kapitel: 29. Dezember

Auf Christas Wunsch hin sollte die Beerdigung im kleinen Rahmen stattfinden. »Und wenn es sich irgendwie einrichten lässt«, hörte ich sie am Telefon sagen, »noch in diesem Jahr.« Christa telefonierte viel in jenen Tagen, auch mit Herrn Bisinger, dem katholischen Pfarrer, zu dem sie ein jahrelanges Vertrauensverhältnis besaß. »Zweimal stehe ich das Ganze ohnehin nicht durch«, sagte sie, »wenn es sich also irgendwie einrichten lässt ...«

Man einigte sich auf Montag, den 30. Dezember, auf eine Doppelbeerdigung im Kreis der Familie und engsten Freunde.

Ganz glücklich war zwar niemand mit diesem Plan, am allerwenigsten Herr Bisinger, aber welche Alternative gab es? Eine zweite, separate Trauerfeier für Hendrik abhalten? Gar keine Trauerfeier für Hendrik? Wie man es drehte und wendete, es gab keine zufriedenstellende Lösung.

»Hendrik war im Grunde kein Mörder«, versicherte Christa, egal, mit wem sie sprach, und niemand – auch Herr Bisinger nicht – widersprach ihr. »Die Polizei konnte ja auch nicht abschließend klären, ob es wirklich Selbstmord war. Wenn man mich fragt, ich denke, es war ein Unfall. Leider hat niemand erkannt, wie stark Hendriks

Drogensucht schon fortgeschritten war. Hendrik war letztlich nicht zurechnungsfähig.« Und immer wieder fügte sie hinzu: »Ich mache mir solche Vorwürfe!«

Nur im engsten Familienkreis – zu dem ich und Karl Anton mittlerweile gehörten – gab sie eine andere Version der Geschichte preis. Am Sonntagabend saßen Christa, Karl, Alex, Sylvia und ich am Küchentisch zusammen und aßen Kartoffelsuppe.

»Im Grunde habe ich es kommen sehen. Hendrik war schon als Kind so: sehr impulsiv, sehr radikal«, sagte Christa unvermittelt.

»Erinnerst du dich noch an die Szene mit dem Schulsport?«, fragte sie Alex, nachdem niemand darauf einging.

Alex nickte.

»Hendrik war gerade mal sieben«, erklärte sie. »Sein Arm war übersät mit blauen Flecken. Eine aufmerksame Sportlehrerin fragte, woher die kämen. Wisst ihr, was Hendrik da geantwortet hat?«

Ich schüttelte den Kopf.

»Ich hätte ihn geschlagen!« Bei der Erinnerung füllten sich ihre Augen mit Tränen. »Ich weiß bis heute nicht, was ihn damals geritten hat.«

»Aufmerksamkeit«, sagte Sylvia und legte ihren Arm um die Mutter. »Er wollte einfach Aufmerksamkeit.«

Trotz allem, sagte Christa und schnäuzte in die Serviette, gehöre Hendrik zur Familie und werde auch im Familiengrab beerdigt, darauf müsse sie bestehen.

Ängstlich sah sie ihre Kinder an.

»Von mir aus«, nickte Alex, dem der Gedanke an den eigenen Tod ohnehin fremd war. »Wenn es dir so wichtig ist, Mama. Ich leg mich dann einfach mal neben Anne«, fügte er lächelnd hinzu und sah mich an.

In diesem Moment fing ich an zu weinen. Es war wie eine Erlösung, zu spüren, dass ich Alex nicht verloren hatte. Sein Blick war warm und liebevoll gewesen, richtig.

»Also bleibt es dabei«, sagte Christa. »Hedwig bringt morgen früh Butterbrezeln aus der Stadt mit?«

Die Trauerfeier sollte um 11 Uhr in der Aussegnungshalle auf dem Friedhof in Sigmaringen stattfinden. Davor war ein kleiner Empfang auf Schloss Albstein geplant, vor allem, weil man auf den Leichenschmaus danach verzichten wollte. Ab 10 Uhr stand es Familienangehörigen und engsten Freunde allerdings offen, nach Schloss Albstein zu kommen, danach wollte man sich gemeinsam auf den Friedhof begeben, der keine hundert Meter Luftlinie vom Anwesen der Marquards entfernt lag.

Für die Getränke war bereits gesorgt. Im Vestibül hatte Karl einen Tisch aufgestellt für Wassergläser und Flaschen, vier Stehtische mit schwarzen Hussen standen außerdem bereit. Der Kaffee sollte in der Küche gemacht werden, Hedwig würde mit einem Tablett herumgehen und ihn anbieten. Christa fand die großen Automaten stillos.

»Es sind auch noch jede Menge Aprikosenplätzchen da«, sagte ich. Die Frage, welche Stärkung gereicht werden sollte, beschäftige mich ebenso wie Christa.

Christa schüttelte den Kopf. Weihnachtsplätzchen eigneten sich nicht für eine Beerdigung, meinte sie, am Ende könnten die Leute noch denken, die Trauer sei nicht tief genug.

»Armer Papa«, sagte Sylvia plötzlich. »Ich vermisse ihn so.«

Dann rannte sie aus der Küche. Ich konnte ihre Tränen fühlen. »Ein tragisches Unglück«, sagte ich und folgte ihr, um sie zu trösten.

## 9. Kapitel: 30. Dezember

Das schwarze Kleid war knielang, figurbetont und trotzdem züchtig geschlossen. Sylvia hatte es mir geliehen; zu meiner Verwunderung passte es wie angegossen. Bis auf den Lippenstift trug ich kein Make-up, der schwarze Spitzenschleier war pompös genug. Als ich in den Spiegel blickte, erschrak ich. Ich sah aus wie eine schwarze Madonna. So wandelte ich zwischen den Gästen umher, die pünktlich ab 10 Uhr auf Schloss Albstein eintrafen, und wurde von allen Seiten mit Beileidsbekundungen bedacht.

»Vielen Dank«, entgegnete ich, senke den Kopf und hatte das Gefühl, dass mir das Mitleid zustand. »Es ist schrecklich.«

Immer wieder verschwand ich in der Küche, um der alten Hedwig zu helfen, setzte neuen Kaffee auf und servierte die eine oder andere Tasse persönlich. Bei jedem neuen Gast, der eintrat, blickte ich zur Tür; mittlerweile waren es fast vierzig Leute, die den »engsten Kreis« um Friedrich gebildet hatten: Brüder, Neffen und Nichten, Freunde aus Hamburg und Dresden, ehemalige Sekretärinnen und Kollegen.

Um 10.16 Uhr betrat ein Mann mittleren Alters das Vestibül, er ging leicht gebückt, an seinem Arm erhob sich eine Blondine.

Unschlüssig sah er sich um. Christa stand in einer Traube von schwarzgekleideten Menschen, in die er augenscheinlich nicht vorzudringen wagte. Er nickte, als Alexander auf ihn zukam. Die beiden Männer umarmten sich steif. Alexander gab der Blondine die Hand.

Mir wurde schlecht. Ich ging auf das Grüppchen zu.

»Das ist Anne, meine Verlobte«, stellte Alex uns vor. »Anne, das ist Lars Jordan, der ehemalige Assistent von Papa.«

Lars Jordan reichte mir seine Hand.

»Und das ist Brigitta, seine Frau«, sagte Alex.

Brigitta und ich gaben uns die Hände. Ein unsicherer Blick traf mich aus ihren nichtssagenden Augen. »Mein aufrichtiges Beileid«, sagte sie. »Wir sind noch immer ganz erschüttert. In gewisser Weise war Friedrich ja wie ein Vater für Lars.« Sie wendete sich ihrem Mann zu. »Das stimmt doch, Lars?«

»Ja«, bestätigte er. »Friedrich war mein wichtigster Mentor – und Freund.«

»Ihr entschuldigt mich bitte«, sagte Alex und eilte ein paar Gästen entgegen, die neu hereindrängten.

»Haben Sie Kinder?«, fragte ich.

»Drei«, antwortete Brigitta. Ihre Stimme klang unsicher, als fragte sie sich, ob man heute über dieses Thema reden durfte. »Und Sie?«

Ich räusperte mich. »Leider haben wir schon mal eins verloren«, sagte ich. »Aber vielleicht klappt es ja nochmal. Das wäre schön.«

Brigitta nickte ernst, doch sie traute sich nicht, nachzufragen. Ich spürte den Blick von Lars Jordan. Er schien zu überlegen, ob er mir seine Dienste anbieten sollte.

»Darf ich Ihnen eine Tasse Kaffee bringen?«, fragte ich.

»Bitte, machen Sie sich keine Umstände«, wehrten beide ab.

»Ach, ich bin froh, wenn ich etwas tun kann«, sagte ich und eilte in die Küche. Wenig später kehrte ich mit einem Tablett und zwei Kaffeetassen zurück. Es waren identische weiße Tassen. Eine Kaffeetasse war mit einem Tütchen Zucker versehen. Es war 10.33 Uhr, als ich Lars Jordan die markierte Tasse reichte.

»Bitte«, sagte ich. Die andere gab ich seiner Frau.

Pflichtbewusst nahmen beide einen Schluck.

»Anne, kommst du bitte?« Alex war umringt von älteren Damen, denen er mich vorstellen wollte. Meine Knie zitterten, als ich auf sie zuging. Die Damen musterten mich wohlwollend. Ich schüttelte mehrere Hände – knochige, fleischige, kalte und warme – und nahm die Beileidsbekundungen entgegen.

»Er ist heimgekehrt zum Herrn«, sagte die Dame mit den langen, knochigen Fingern.

»Wir brauchen jetzt alle Kraft und Mut«, sagte die andere.

»Friedrich wird immer bei uns bleiben«, sagte die dritte mit dem rötlichen, fleischigen Gesicht.

Lars Jordan unterhielt sich mit einem älteren, distinguierten Herrn. Es war 10.44 Uhr, als Alex zum Aufbruch drängte. Jordan stellte seine Tasse auf einem Stehtisch ab und verließ mit Brigitta den Raum. Ich ging auf den Tisch zu. Jemand schnäuzte sich die Nase, jemand nickte mir zu, Alex wartete mit dem Mantel auf mich; die Tasse war nur zur Hälfte ausgetrunken.

Die Aussegnungshalle war ein moderner, funktionaler Raum mit einer hohen Holzdecke, von der mehrere Lampen hingen. Die Orgel war schlicht, ebenso das Rednerpult. Der einzige Schmuck waren die Fensterbilder: Es war gebrochenes Glas, das sich bereits zu neuen Mustern zusammengesetzt hatte.

Auf Alex' Arm gestützt trat ich ein. Wir durchquerten den quadratischen Raum in der Diagonalen, rechts und links saßen die wenigen Gäste, nach vorne nahm die Anzahl der Stühle in einer Reihe ab. Man saß sich im rechten Winkel gegenüber. Wir gingen auf die beiden Särge zu und setzten uns mit Christa und Sylvia in die erste Reihe. Die Särge waren identisch bis auf den Blumenschmuck, einmal waren es weiße Rosen, einmal rote.

Gegenüber in der zweiten Reihe erkannte ich Lars Jordan. Ich starrte ihn an. Brigitta bemerkte meinen Blick und sah in das Notenheft. In der letzten Reihe erkannte ich Gerd Engler, die kleine, dicke Person neben ihm schien seine Frau zu sein.

Als der Mann an der Orgel zu spielen begann, konnte ich meine Tränen nicht mehr zurückhalten. Pfarrer Bisinger nickte mir zu, bevor er seine Stimme erhob.

»In mir ist es finster«, hörte ich, »aber in dir ist das Licht. Ich bin einsam, aber du ...«

Ich starrte auf den weißen Sarg. Die Stimme des Pfarrers drang immer leiser an mein Ohr. »Unruhe ... Friede ... Bitterkeit ... Führung«, wehten wie Fetzen an mir vorüber, die der Wind forttrug.

*Luka.* Hatte es eigentlich eine Totenmesse für Luka gegeben? Was haben sie mit ihm gemacht? Wen konnte ich noch fragen? Karin wohnte nicht mehr in Dresden, nach monatelanger Recherche fand ich heraus, dass die Hebamme 2006 nach Frankreich gezogen war, in die Nähe von Paris, wo ich für kommenden Februar einen Urlaub geplant hatte. Was hatte meine Mutter für ihr Enkelkind entschieden? Haben sie sie überhaupt gefragt? Tim. Sollte ich auch ihn aufsuchen? All die Jahre dachte ich, ich sei damals wegen eines Magendurchbruchs im Krankenhaus gelegen. An die Schwangerschaft erinnere ich mich bis heute nicht. Nur dass ich zugenommen hatte und mein Bauch schlaffer war als zuvor, darüber war ich sehr unglücklich; ich dachte aber, das käme vom langen Liegen.

Ich starrte ihn an. Lars Jordan hatte sich erhoben. Er ging auf das Rednerpult zu. Er wollte eine Laudatio auf Friedrich halten. Während er sich räusperte, überlegte ich, wie ich ihm später nochmal eine Dosis verpassen konnte.

»Friedrich war ein großartiger Arzt«, begann er seine Rede. »Aber er war vor allem ein großartiger Mensch. Als Arzt hat er so vielen Menschen das Leben ge...«

Er räusperte sich wieder und versuchte es abermals: »Ge...«

Seine Rede brach ab.

Ich starrte auf seinen Mund.

»Das Leben geschenkt«, wiederholte er und griff sich mit beiden Händen an den Hals.

In der Halle blieb es merkwürdig ruhig. Anscheinend war man sich unschlüssig, ob Lars Jordan – für den Friedrich wie ein Vater gewesen war – gleich vor Ergriffenheit zu schluchzen beginnen würde. Erst als sich sein Griff und sein Gesicht verzerrten, schrie eine Frau auf, die nicht Brigitta war. Als Lars Jordan sich am Pult festkrallte, brach ein Tumult aus. Als das Pult zusammen mit Jordan auf die grauen Fliesen der Aussegnungshalle knallte, rannten die Leute panisch ins Freie.

Als Jordan mit blauem Gesicht aus der Halle getragen wurde, wusste ich, dass auch die Hälfte der Dosis tödlich wirkte. Ich blickte auf die Uhr. Es war 11.24 Uhr.

## 10. Kapitel: 31. Dezember

Am Flughafen Stuttgart hatte man bereits begonnen, die Weihnachtsdekoration zu demontieren. Eine Sternenkette lag erloschen am Boden. In einem Laden wurden Weihnachtsmänner zum halben Preis angeboten, man wollte sie loshaben wie die letzten Gäste am Morgen. Die Gesichter der Menschen hatten ihren Glanz verloren; ich sah Männer und Frauen in dunklen Anzügen und ständiger Bereitschaft, sie telefonierten oder tippten etwas in ihre Smartphones. Auch Alex stand abseits und telefonierte.

Der Vorfall auf der Beerdigung hatte ihn stark verändert. Plötzlich wirkte er nicht mehr schlank, sondern ausgezehrt. Er wippte beim Telefonieren vor und zurück; früher fand ich das beruhigend, heute erschrak ich, wie verhärmt er dabei aussah.

Alex brauchte Zeit; wenn wir erst wieder in Berlin waren und der Alltag sich einstellte, würde er wieder der Alte werden. Ich legte die Hände auf meinen Bauch. Alex brauchte einfach Zeit, so wie das Kind, das ich in mir trug. Mein Gefühl hatte mich nicht getrogen; der Schwangerschaftstest heute Morgen war positiv. Ich trug ihn in der Handtasche mit mir herum, um Alex im Flugzeug damit zu überraschen.

Die restlichen beiden Tabletten hatte ich in der Winkekatze versteckt. Sie war in Alex' Koffer. Ich rechnete aber nicht mit Komplikationen, denn beim Hinflug hatte man ja auch nichts beanstandet.

»Zweimal nach Berlin«, sagte ich am Check-in-Schalter. Alex telefonierte noch immer.

Während der Autofahrt zum Flughafen hatten wir kaum gesprochen. Es gab nur diesen einen, kurzen Dialog: »Ich habe das Gefühl, dass Sylvia eine gute Mutter gewesen wäre«, sagte ich, weil ich prüfen wollte, ob er bereits über das Thema sprechen konnte.

»Sylvia?« Alex' feine, schmale Hände umklammerten das Lenkrad.

»Deine Schwester«, nickte ich. »Ich glaube, sie hat deinem Vater verziehen.«

»Meine Schwester? Verziehen?«

»Es tut mir so leid für Sylvia, dass sie keine Kinder mehr bekommen kann.«

»Anne, hör auf!« Alex weinte die ganze Autobahnfahrt von Reutlingen bis Stuttgart, stumm und verzweifelt. Ich ließ ihn gewähren; mir wurde bewusst, wie sehr er Sylvia liebte.

»Hier, deine Boardingkarte«, sagte ich und hakte mich bei Alex unter, doch er reagierte nicht; sein Arm hing leblos an ihm herab. Schweigend fuhren wir die Rolltreppe nach oben; wir waren viel zu früh. Wir setzten uns auf eine schwarz gepolsterte Bank im Terminal Eins und blickten in die Halle mit der Baumstreben-Konstruktion.

»Wir müssen erst einmal einkaufen, wenn wir landen«, sagte ich. »Morgen ist ja schon wieder Feiertag.«

Alex starrte vor sich hin. Es tat weh, dass er nicht wie sonst seinen Arm um mich legte. Er brauchte Zeit.

Ich beobachtete die Leute unten in der Halle. Sie standen an den Check-in-Schaltern, sie liefen hin und her, sie liefen zu zweit oder in Gruppen, manche schneller, andere langsamer. Ameisen, dachte ich, Menschen sind doch kleine Ameisen.

Ich legte meine Hand auf Alex' Hand. Sie war eiskalt.

Unten in der Halle bewegten sich zwei dunkle Punkte gerader und schneller als die anderen Punkte. Und sie bewegten sich direkt auf uns zu.

»Alex?«, flüsterte ich.

Die beiden Punkte waren Männer. Sie betraten die Rolltreppe, die nach oben führte. Ich weiß nicht mehr genau, wann ich den einen der beiden erkannte, doch als er auf mich zukam, wusste ich, dass er kein Trottel war.

»Alex«, sagte ich, doch er schien mich nicht zu hören. Nervös fingerte er auf seinem Smartphone herum.

»Was macht der Engler hier?«, fragte ich.

»Frau Steiner?« Kriminalkommissar Engler blieb vor uns stehen. Der Mann neben ihm wirkte entschieden.

»Es tut mir leid, Frau Steiner«, sagte er dann. »Ich muss Sie bitten, mitzukommen.«

»Mitzu...?« Hilfesuchend blickte ich zu Alex.

Er kehrte uns den Rücken zu, er war von mir abgerückt, er vergrub sein Gesicht in den Händen.

»Alex?«

»Ich möchte Sie bitten, unverzüglich mitzukommen«, wiederholte Engler. »Wenn Sie sich weigern sollten oder Gegenwehr leisten, müssen wir Ihnen Handschellen anlegen.«

Der Kommissar berührte mich sanft und bot mir seinen Arm an. Ich hakte mich bei ihm unter, als wäre er mein Geliebter. Zögernd ließ ich mich abführen.

»Alex?«, rief ich noch einmal, nachdem wir ein paar Schritte gegangen waren.

Als er aufblickte, sah ich es in seinen Augen. Er hatte mich verraten.

## 11. Kapitel: Monate später

*Dienstag, 10. Juni.* Nach § 20 des Strafgesetzbuches handelt ohne Schuld, »wer bei Begehung der Tat wegen einer krankhaften seelischen Störung, wegen einer tiefgreifenden Bewusstseinsstörung oder wegen Schwachsinns oder einer schweren anderen seelischen Abartigkeit unfähig ist, das Unrecht der Tat einzusehen oder nach dieser Einsicht zu handeln.«

Schwachsinn schied bei mir aus. Vollrausch und dergleichen auch. Es waren die »schweren anderen seelischen Abartigkeiten«, kurz SASA, unter die mich das psychiatrische Gutachten klassifizierte. Mein Anwalt sprach von einer tiefgreifenden Persönlichkeitsstörung.

Seitdem befinde ich mich in einer privaten Fachklinik für Psychiatrie und blicke von meinem Zimmer auf das Schloss Charlottenburg hinaus. Im Klinikpark steht ein Kirschblütenbaum. Manchmal denke ich an das Schloss in Sigmaringen zurück. Im Vergleich zu dem preußischen Schloss Charlottenburg, das unerschütterlich auf festem Boden steht, schwebt es in meiner Erinnerung direkt über dem Abgrund. Das Gericht kam zu dem Schluss, dass »unter Gesamtwürdigung der Täterin und der Tat keine weitere Gefährlichkeit« von mir ausgehe. Deshalb gab man dem Antrag auf eine Privatklinik statt; der normale Maßregelvollzug bleibt mir so erspart, zumindest für die Zeit meiner Schwangerschaft.

Mittlerweile bin ich in der 27. Schwangerschaftswoche. Meine Tage und Wochen hier sehen immer gleich aus. Dienstags und freitags von 9 bis 11 besucht mich Frey. Seine Stimme wirkt wohltuend auch auf den Kleinen, ich spüre, wie er dann ganz ruhig wird. Bei den Sitzungen mit Frey vermisse ich vor allem den Stuck an der Decke, den ich all die Jahre zuvor in seiner Wohnung studiert habe. Seit ich hier bin, habe ich angefangen, zu schreiben. Frey riet mir, alles aufzuschreiben, mich möglichst an jedes Detail zu erinnern. Das habe ich die letzten Monate getan; jeden Abend, wenn sich der Park draußen verdunkelte, habe ich mich an den kleinen Schreibtisch gesetzt und geschrieben. Auch heute sitze ich wieder hier, doch die Energie, mit der ich anfangs geschrieben habe, lässt langsam nach.

Ich habe alles gesagt. Die Geschichte ist fast fertig.

Alex besucht mich immer sonntags um 16 Uhr. Obwohl ich als harmlos gelte, dürfen wir uns nur im Besucherraum sehen, der überwacht wird. Getränke werden vom Personal bereitgestellt. Wir sitzen uns immer an einem weißen Tisch gegenüber, manchmal halten wir uns an den Händen, und ich weine. »Warum hast du es mir nicht gesagt?«, fragte Alex anfangs immer. »Wir hätten eine Lösung gefunden«, meinte er. Mittlerweile fragt er das nicht mehr.

Sylvia kommt alle vierzehn Tage nach Berlin, um mich zu besuchen. Sie nimmt sich viel Zeit für mich. Bisher haben wir noch nicht darüber gesprochen, weil der Raum ja überwacht wird, aber wenn wir uns in die Augen blicken, sehe ich ihre Dankbarkeit. Ich wäre ja ohnehin verurteilt worden. Sylvia hingegen steht mitten im Leben; ihr hätte niemand geglaubt, unzurechnungsfähig gewesen zu sein. Aber warum hat sie es getan? Ich bin mir sicher, eines Tages wird sie es mir erzählen.

Christa ist nicht zum Prozess erschienen. Wenn ich Alex frage, wie es ihr geht, sagt er nur: »Den Umständen entsprechend.« Schloss Albstein stehe zurzeit zum Verkauf, Christa wolle in eine kleinere Wohnung umziehen. »Mit Karl Anton?«, fragte ich. Alex nickte.

Gerd Engler war nach dem Prozess noch einmal zu mir gekommen. Er könne verstehen, sagte er mit vor Ergriffenheit bebender Stimme, dass mich die Geschichte mit dem Kind mitgenommen habe. Es mache ihn selbst unglaublich wütend, dass so etwas geschehen konnte in Deutschland. Aber trotzdem hätte ich den Rechtsweg gehen müssen.

Nach dem Tod von Friedrich hatte Gerd Engler nicht nur Informationen über Hendrik und Alexander eingeholt, sondern auch über mich. Dass er von meiner ersten Ehe mit Tim Satchmore wusste, hatte er mir ja bereits am 25. Dezember zu verstehen gegeben. Auch die Geburt und der Tod von Luka Satchmore am 24. Dezember 1997 war in den Akten der Kriminalpolizei vermerkt. Noch am 25. hatte Engler die Unterlagen aus dem Krankenhaus in Dresden angefordert, die allerdings erst am 28. in Sigmaringen eintrafen. Weil der Fall mittlerweile als geklärt galt, wanderten sie ungesehen ins Polizeiarchiv. Nach der Vergeltung an Dr. Lars Jordan wurden sie wieder hervorgeholt. Am Morgen des 31. Dezembers las Engler im Geburtsbericht die Namen *Wächter*, *Marquard* und *Jordan* und zog seine Schlussfolgerungen. Gerd Engler war es, mit dem Alex die ganze Zeit über am Flughafen telefoniert hatte.

*Freitag, 4. Juli.* Ich bin jetzt in der 30. Woche. Ich kann nur noch auf der Seite liegen, da mir sonst schlecht wird. In Rückenlage drückt das Kind gegen die Nervenbahnen der Wirbelsäule. Es wird wieder ein Junge, habe ich das schon gesagt? Der Geburtstermin ist der 13. September. Samstag, der 13. September. Heute war Frey wieder da. Es war eine frustrierende Sitzung, er glaubt mir nicht mehr, habe ich den Eindruck.

»Lass uns nochmal über Hendrik Marquard sprechen«, sagte er.

»In Ordnung«, sagte ich. Seitdem ich hier drin bin, versuche ich, mich so klar wie möglich auszudrücken. Sie halten dich sonst für verrückt.

»Hendrik Marquard war an den tragischen Prozessen der Weihnachtsnacht von 1997 nicht beteiligt. Warum musste er sterben?«

»Ich weiß es nicht«, sagte ich wahrheitsgemäß. »Ich habe ihn nicht umgebracht.«

Frey nickte. In seinem Blick lag wieder diese Enttäuschung, dabei habe ich es ihm schon mehrfach erklärt, dass ich vor Gericht eine Falschaussage gemacht habe, weil ich Sylvia schützen wollte.

»Ich weiß, du glaubst mir nicht«, sagte ich und hob bedauernd meine Hände. »Aber so ist es.«

Zehn Monate habe ich Frey in dem Glauben belassen, meine Weihnachtsphobie wurzele in frühkindlichen Erlebnissen; vielleicht glaubt er mir deshalb nicht mehr.

»Nehmen wir mal an, rein theoretisch, du hättest recht. Weshalb hätte Sylvia ihren Bruder umbringen sollen? Weil sie dachte, er hätte gesehen, wie sie Friedrich vergiftet hat? Das ist doch Quatsch. Du hast das Gift in die Aprikosenplätzchen getan.«

»Das stimmt«, nickte ich und legte meine Hände auf den Bauch. Der Kleine schlief bereits.

»Du hast Friedrich vergiftet«, insistierte Frey. »Zugleich suggerierst du, Sylvia habe es getan. Was folgt denn daraus?«

»Ich denke, es hat was mit Christa zu tun. Immerhin haben Friedrich und Daniela Wächter über Jahre«, ich wog meine Worte genau, »miteinander geschlafen«, sagte ich schließlich.

Wenn du sagst, sie haben »gefickt«, attestieren sie dir eine Triebstörung, wenn du sagst, sie hätten »den Geschlechtsverkehr vollzogen« kann das ebenfalls auf eine Triebstörung hinweisen, allerdings in die andre, verklemmte Richtung.

»Du meinst also, Sylvia wollte ihre Mutter rächen?«

»Entweder das«, sagte ich. »Oder sich selbst. Vielleicht hat sie doch nicht verzeihen können.«

Ich sah Frey offen an: »Ich weiß, du denkst jetzt, ich will Sylvia einen Teil meiner Schuld zuschieben, aber ich habe wirklich nicht diese Absicht.«

Auch Frey sah mich an. Ich wusste, was er in diesem Moment dachte, er hatte es mir ja selbst schon oft erklärt: ein klassischer Fall von Übertragung. Er dachte, ich wollte ihm Gedanken zuschreiben, die in Wirklichkeit meine eigenen sind. Aber das stimmte nicht. Ich wollte ihm wirklich nur sagen, dass ich dachte, dass er denkt ...

Ich spüre wieder diese Müdigkeit. Ich werde jetzt Schluss machen. Seit Wochen schlafe ich nicht mehr richtig, dauernd muss ich auf die Toilette, der Kleine strampelt ab zwei Uhr morgens so stark, dass ich keinen Schlaf mehr finde.

*Samstag, 26. Juli.* Die 33. Woche ist geschafft. Dem Kleinen geht es gut. Heute war Sylvia da, wir haben uns lange unterhalten. Sie freue sich auf das Baby, meinte sie.

*Donnerstag, 7. August.* 35. Woche. Es ist heiß. Mein Körper ist schwer. Meine Füße sind geschwollen. Ich kann mich kaum noch bewegen. Es gibt keine Klimaanlage hier drin.

*Sonntag, 31. August.* Es ist schon spät, ich habe das Fenster geöffnet, eine Fliege schwirrt um mich herum. Das Gitter vor dem Fenster taugt nicht als Fliegengitter. Was ist heute eigentlich passiert? Ich muss mir darüber klar werden, ich muss. Also versuche ich es mit Schreiben:

Wie immer sonntags kam Alex, um mich zu besuchen. Nadine war bei ihm, vielleicht, weil ich heute Geburtstag habe. Bin ich wirklich schon 39? Alex gab mir ein Geschenk, dann einen Kuss auf die Wange. Nadine gab mir die Hand.

Alex und ich saßen uns an dem weißen Tisch gegenüber, Alex reichte mir das Geschenk. Nadine blieb hinter ihm stehen.

»Tee? Kaffee?«, fragte eine Schwester, die ich nur vom Sehen kannte.

Alex nahm einen Tee, ich ein Glas Wasser.

»Für mich eine Cola, wenn Sie haben.« Nadine wirkte verlegen.

Die beiden wollten wissen, wie es mir geht. Ich bin jetzt in der 38. Woche. Ab jetzt gilt das Kind nicht mehr als Frühgeburt, wenn es kommt.

Es geht mir gut, sagte ich. Und dann: »Gibt es was Neues?« Ich muss es gespürt haben.

»Wir müssen es ihr sagen«, hörte ich Nadines Stimme. »Professor Hornig meint, es sei gut, wenn man sie mit der Realität konfrontiert.«

Ich sah den schmerzlichen Zug in Alex' Gesicht, es war derselbe wie bei Christa.

»Alex und ich«, sagte Nadine sanft, »wir haben, wir wollen …«

Die Fliege sirrt um mich herum. Hat Nadine das wirklich gesagt?

»Wir haben vor zwei Wochen geheiratet«, sagte sie. »Aber nur standesamtlich, keine große Feier, ich hoffe, du verstehst das.«

Ich sah Alex an. Zuerst wich er meinem Blick aus, dann nickte er. »Ich stehe das alles nicht mehr durch«, stotterte er. »Ich brauche Halt.«

Haben die beiden wirklich gesagt, dass sie geheiratet haben? Ich blieb so seltsam ruhig, als säße ich in einer warmen Badewanne. Selbst wenn? Die Vorstellung, eines Tages ein normales Familienleben mit Alex zu führen, war doch ohnehin absurd.

Ich öffnete das Geschenk. Es war die rote Winkekatze, die ich Alex zu Weihnachten geschenkt hatte. *Rot stärkt die Liebe.*

»Ich dachte, du kannst sie jetzt mehr gebrauchen als ich«, sagte er leise. »Aber mach dir keine Sorgen. Sobald die ersten Wehen einsetzen, kommst du sofort ins Westend-Krankenhaus, und die machen einen Kaiserschnitt.«

Ich nickte. Das war so abgesprochen.

»Es ist besser so, Anne«, sagte Nadine wieder. »Überleg doch einfach mal, auch für dich und das Baby, Alex muss schließlich den ganzen Tag arbeiten, der Kleine käme am Ende noch in ein Heim, und mit einer Hochzeit ist das alles geregelt, ich kann mich um den Jungen kümmern und …«

Ich streichelte mir über den Bauch.

»Stopp«, sagte Alex zu Nadine. Er stand auf und gab ihr ein Zeichen, mit ihm hinaus auf den Gang zu gehen. Draußen hörte ich die beiden zuerst flüstern, dann wurden die Stimmen lauter. Sie stritten sich. In diesem Moment fühlte ich, wie sehr ich Alex liebte.

Ich drehte das Kätzchen in meiner Hand. Die Schwester lächelte mir kurz zu, bevor sie sich wieder in ihre Lektüre vertiefte.

Als die beiden wieder eintraten, hatte Alex tiefe Falten auf der Stirn und Nadine ein beleidigtes Gesicht.

»Ich wollte es dir nicht sagen«, entschuldigte sich Alex bei mir, nachdem er sich wieder gesetzt hatte. »Nicht vor der Geburt. Es tut mir leid.«

Er streckte seine Hand über den Tisch, und wir klammerten uns aneinander wie zwei kleine Kinder.

Dann trank Alex die Cola auf einen Zug leer. Nadines Cola.

»Alex!«, schrie ich.

Alex, schreie ich wieder. Alex, Alex, Alex.

*5. September.* Vor fünf Tagen ist Max geboren. Er kam am 1. September um 11.20 Uhr per Kaiserschnitt zur Welt, dreizehn Tage vor dem Geburtstermin. Alles lief so, wie Alex es geplant hatte. Alles lief gut. Ich bin jetzt wieder hier in der Parkklinik, in sechs Wochen soll ich in einen Maßregelvollzug überstellt werden.

Alle drei Stunden bringen sie mir Max zum Stillen. Sie lassen mich nicht alleine mit ihm.

Ich weine viel, sogar wenn ich den Kleinen im Arm halte, laufen mir die Tränen hinab. Ich weiß, dass das mit der Hormonumstellung zu tun hat. Wenn mir früher eine Wöchnerin erzählte, es falle ihr schwer, die richtige Liebe zu empfinden, dann habe ich immer geantwortet: Das sei ganz normal. Insgeheim dachte ich, mit der stimmt doch was nicht.

Stimmt etwas mit mir nicht?

Sylvia ist die Einzige, die mich seit der Geburt besucht hat. Wenn sie den Kleinen in den Arm nimmt, hört er sofort auf zu schreien.

Es ist jetzt 0.27 Uhr. Eben habe ich Max gestillt. Meine Brustwarze ist entzündet und schmerzt. Schwester Ingrid hat ihn wieder mitgenommen. Ich bin so müde. Ich will schlafen, nur ein paar Stunden, schlafen, träumen.

Ich kann nicht schlafen.

Alex? Wo bist du?

Ich bin wieder auf Schloss Albstein. Ich sehe durch die große Fensterscheibe hinaus in den Garten. Ein Kind steht draußen im Schnee, es zeigt mir eine Schnur und öffnet den Mund, als wollte es etwas sagen. Das Kind trägt nur ein Nachthemd. Komm herein, möchte ich rufen, es ist doch kalt draußen.

Da halte ich verwundert inne. Im Schnee sind keine Fußspuren.

War es nur ein Spiegelbild? Mein Wunschbild? Das Kind steht längst hinter mir. Es legt mir die

Nabelschnur um den Hals. Jetzt erkenne ich, was es damit will.

»Sylvia, bist du das?«

»Ja.«

»Ich habe Alex geliebt«, sage ich.

»Ich weiß.« Sie hält meine Hand fest.

»Liebe ist ein furchtbares Wort«, sagt Sylvia und lächelt seltsam, als erinnerte sie sich an jemand.

»Ich werde dich ab jetzt nicht mehr besuchen kommen, Anne«, sagt sie. »Das ist das letzte Mal«, sagt sie. Sie trägt ein weißes Glitzerkleid. Ich halte mir die Ohren zu. Ich kann es nicht mehr ertragen. Dieses hohe, durchdringende Gebrüll lässt mich keinen klaren Gedanken mehr fassen.

»Sylvia?«

Sylvia ist weg.

Ich brauche ein Glas Wasser.

»Alex?«

Alex ist tot.

## 12. Kapitel: Manuskript aus den Unterlagen von Dr. Samuel Frey

Als Schwester Ingrid am Samstag, den 6. September, früh morgens das Zimmer betrat, lag Anne regungslos im Bett. Zuerst dachte sie, Anne schlafe noch, doch dann habe sie sie berührt. Anne sei eiskalt gewesen. Ihr Tod war gegen ein Uhr nachts eingetreten.

Es war ein Suizid durch Vergiftung. Ein innerer Erstickungstod. Auf Annes Nachttisch wurde eine leere Packung Tabletten gefunden, ohne Aufschrift, nur mit einem Totenkopf versehen. Daneben lagen ihr Tagebuch und ein Brief, ein japanischer Glücksbringer winkte unermüdlich. Es machte mich nicht nur fassungslos, sondern es war auch ein juristisches Problem, wie das tödliche Gift in eine mit allen Sicherheitsvorkehrungen versehene psychiatrische Anstalt gelangen konnte. Die Kriminalpolizei hat die Ermittlungen bereits aufgenommen.

Ich nahm das Tagebuch an mich.

*Mein Letzter Wille* stand auf dem Umschlag des Briefes, der auf ihrem Nachttisch lag.

Anne hat ihn in schöner, gut lesbarer Mädchenhandschrift verfasst. Ich schob das Dokument über den Schreibtisch meines Kollegen und Freundes Prof. Dr. Justus Hornig.

»*Ich möchte*«, las Justus laut, »*ich möchte, dass mein Sohn Max nach meinem Tod in die Obhut von Dr. Sylvia Marquard kommt. Sie ist die Schwester von Alexander Marquard, meinem verstorbenen Verlobten und Vater des Kindes. Das ist mein einziger und dringlichster Wunsch.*«

Justus machte eine Pause, bevor er den letzten, von Anne doppelt unterstrichenen Satz las: »*Sylvia ist eine gute Mutter.*«

Justus sah mich an. Seitdem er Leiter dieser Klinik war, hat er nicht nur die bunten Krawatten abgelegt, die er als Student immer trug, sondern auch seine Gefühle. In seiner Position war es ihm einfach nicht mehr möglich, sich derart intensiv auf seine Patienten einzulassen, wie ich es konnte.

»Das entscheiden wir ohnehin nicht, Samuel«, sagte Justus. »Dafür ist das Jugendamt zuständig.«

Er sah höflich an mir vorbei, als ich mit dem Taschentuch über meine Augen fuhr.

»Spräche denn etwas dagegen?«, fragte er und warf einen abermaligen Blick auf den Brief. »Gegen diese Sylvia Marquard?«

Ich nickte. Meine Stimme zitterte, als ich sagte: »Ja.«

Ich starrte auf die weiß getünchte Wand und erklärte es ihm: »Alexander Marquard hat gar keine Schwester.«

Justus schwieg.

»Sylvia war eine, wie soll ich es sagen, eine Projektion von Frau Steiner. So etwas habe ich noch nie erlebt.« Ungläubig schüttelte ich den Kopf.

Justus blickte auf die Uhr und beschloss, sich Zeit zu nehmen, nicht allein aus freundschaftlichen Gründen, sondern auch aus Pflichtgefühl. Wenn sich ein Patient umbrachte, war ein klärendes Gespräch unumgänglich. Also verschob er seine Visite um zwanzig Minuten und bestellte grünen Tee.

»Eine Projektion sagst du.« Justus roch an dem dampfenden Getränk, legte seinen Kopf schief und forderte mich damit auf, zu erzählen.

»Nenne es, wie du willst«, begann ich und drehte die weiße Schale in meinen Händen. Ich mag eigentlich keinen Tee. »Projektion, Halluzination, Ichspaltung, Verdoppelung der Persönlichkeit ... Ich weiß es doch auch noch nicht.«

Justus nickte.

»Ich habe lange gebraucht, um mir überhaupt darüber klar zu werden, weil es sich bei dieser Projektion nicht um eine reine Abwehr handelte.«

Justus nickte wieder.

»Meist sind es ja Qualitäten, Gefühle und Wünsche, die der Patient an sich selbst ablehnt oder in sich selbst verleugnet, die er auf andere Personen projiziert, im Extremfall auf eine erfundene Person.« Ich nahm einen Schluck Tee. Das Zeug schmeckte nach Heu. »Das heißt, Probleme macht uns nicht das Gute, das man gerne mit dem eigenen Ich in Einklang bringt, sondern das Andere, das Unerwünschte.«

Justus nickte. Das alles war ihm nichts Neues.

»Bei Anne war das aber nicht eindeutig. Sie flüchtete vor Sylvia nicht, wie das in der phobischen Vermeidung der Fall ist«, sagte ich.

Dann überlegte ich laut: »War Sylvia deshalb so toll, weil Anne einen Grund brauchte, sich selbst zu lieben?« Ich nickte zaghaft: »Das ist es. Anne wollte sich weiterhin im Spiegel in die Augen blicken können. Auch nach den grausamen Taten, die sie begangen hat.«

Justus hörte mir immer noch zu.

»Anne hat immer so plastisch, so überzeugend von Sylvia gesprochen. Doch es gab ein paar Details, die mich hellhörig machten. Zum Beispiel beschrieb sie Sylvia nach dem Bild einer Schauspielerin, Gwyneth Paltrow, die auf sie Eindruck gemacht hatte. Manchmal sprach sie auch davon, dass sie allein war, wenn sie mit Sylvia zusammen war.« Wieder nahm ich einen Schluck Tee, bevor ich fortfuhr: »Anne hat mir sogar erzählt, Sylvia habe bei ihrem Vater einen Luftröhrenschnitt durchgeführt. Erst später wurde mir klar, dass es sich hier um eine Art Freudsche Fehlleistung handelte, nur auf eine Handlung bezogen: Anne war von dem Wunsch, Friedrich Marquard an die Kehle zu gehen, so besessen, dass er sich in dieser kleinen Geschichte verselbständigt hat.«

Justus schwieg.

»Ich habe sogar bei Christa Marquard angerufen, der Mutter von Alexander, um sicherzugehen. Christa Marquard bestätigte meinen Verdacht. Sie habe zwei Söhne gehabt, versicherte sie. Eine Tochter habe niemals existiert.«

Justus kratzte sich jetzt am Kopf. Er hatte keine Haare mehr, aber die Glatze stand ihm gut.

»Sylvia war im Prinzip all das, was Anne sich jemals gewünscht hat«, erklärte ich. »Anne hat ihr Studium abgebrochen, darunter litt sie lange, aber Sylvia war promovierte Ärztin. Anne nahm sich immer als dick wahr, Sylvia hingegen als gertenschlank.«

»Lag eine Essstörung vor?«, fragte Justus.

Ich nickte. »Vor der Schwangerschaft wog Anne 49 Kilo bei einer Größe von 1,73 Meter. Doch sie empfand sich als zu dick. Wenigstens versuchte sie nicht, während der Schwangerschaft zu hungern. Sie nahm normal zu. Ich wusste, dass es Anne grundlegend an Selbstvertrauen gefehlt hat«, sagte ich, »aber was dann an Weihnachten geschah, war einfach nicht ... vorhersehbar ...« Ich rieb mir die Nasenwurzel. »Anne erfüllte kein einziges der Kriterien, die auf eine kriminelle Tat hätten schließen lassen.«

Warum hatte ich sie nur so falsch eingeschätzt?

Justus nickte mitfühlend. Anne Steiner war eine auffallend attraktive Frau gewesen. Das machte die Sache immer schwieriger.

»Aber es waren nicht nur äußere Merkmale«, redete ich weiter. »Anne schrieb Sylvia ein ähnlich traumatisierendes Erlebnis zu, wie sie selbst es erlebt hatte: Auch Sylvia war von Friedrich Marquard nicht richtig medizinisch versorgt worden, doch Sylvia hatte das Geschehen verarbeitet. Sylvia war fähig gewesen, zu verzeihen. Sylvia liebte ihren Vater. War es letztlich nicht das, was Anne sich gewünscht hat?«

Ich erstarrte. Meine Theorie hatte einen Haken. Anne behauptete ja bis zuletzt, Sylvia habe Hendrik umgebracht. Hatte sie die Sylvia-Figur am Ende nur deshalb erfunden, um ihr den Mord an Hendrik in die Schuhe schieben zu können?

Anne wusste, dass sie mit dem Mord an Hendrik eine Grenze überschritten hatte, die sie zu einer kaltblütigen Mörderin machte. Es ging hier nicht mehr um das Kind, um ihr Trauma, sondern um die Rettung ihrer eigenen Haut. Hendrik hat ja nicht Sylvia, sondern Anne beobachtet, wie sie das Gift in die Plätzchen spritzte. Der Mord an Hendrik war geplant und berechnend.

»Samuel?«

Ich starrte Justus an.

»Du weißt, Samuel, dass ich in solchen Fällen eher von einer angeborenen dissoziativen Störung ausgehe«, sagte Justus. »Nach all dem, was du erzählst, Samuel, ist für mich der Fall klar. Frau Steiner fehlte genetisch bedingt die Kraft zur psychischen Synthese. Unter Stress – das traumatische Geburtserlebnis, die erneute Geburt – konnte sie ihre assoziative Schwäche nicht mehr kompensieren. Am Ende blieb ihre psychische Welt als eine zerstückelte zurück.« Justus nickte sich selbst zu und machte sich schnell ein paar Notizen für den Bericht, den er schreiben musste.

Ich wusste, was Justus damit sagen wollte: Schizophrenie. Diese Diagnose sagte alles und nichts, Justus kannte meine Meinung dazu, doch das war eine Diskussion, die ohnehin nur von theoretischer Relevanz war.

»Du meinst also eine genetische Veranlagung zum Unglücklichsein?«, sagte ich nur.

»Wenn du es so poetisch ausdrücken willst.« Justus blickte fragend auf. Seine Sekretärin war eingetreten. »Was ist denn, Lena?«

»Eben hat eine Frau Marquard angerufen.« Lena Salms, seit 20 Jahren Chefsekretärin der Klinik, war routiniert im Umgang mit menschlichen Extremen, doch ihr Gesicht zeigte dennoch eine gewisse Beklemmung, als sie sagte: »Sie war, nun ja, wie soll ich sagen, ziemlich außer sich wegen ...«

Justus nickte. Ein Suizid war immer eine prekäre Geschichte, viele Angehörige drohten, die Klinik zu verklagen. Die meisten beließen es bei der Drohung. Nur wenige waren an einem Gespräch interessiert, bei dem sie Antworten erwarteten, die auch Professor Hornig nicht geben konnte. Woher hatte Anne Steiner das Gift?

»Christa Marquard hat angerufen?«, fragte ich ungläubig.

»Nein«, erwiderte sie. »Eine Frau Nadine Marquard. Sie sagt, sie sei die Witwe von Alexander Marquard und habe ein Recht auf das Kind.«

Eine halbe Stunde später empfing ich Nadine Marquard im Besucherzimmer.

Ich sagte: »Frau Marquard, es tut mir leid, dass ...«

»Wo ist das Kind?«, schnitt sie mir das Wort ab.

Ich hatte Verständnis. Als Annes Therapeut musste ich mit der Verachtung umgehen, die mir entgegengebracht wurde. Vor Gericht mag es für einen Laien so ausgesehen haben, als verteidigte ich Anne sogar. Nach dem Tod von Alexander Marquard hat Nadine ein Gesuch bei der Deutschen Psychoanalytischen Vereinigung eingereicht: Man möge Dr. Samuel Frey die Lizenz entziehen oder zumindest die Kassenzulassung streichen. Den Vorwurf, ich hege Sympathien für eine Mörderin, wies ich jedoch strikt von mir.

Dass ich mit Anne geschlafen habe, auch.

»Ich will das Kind«, wiederholte sie, ohne mich anzusehen.

»Natürlich«, sagte ich beschwichtigend. »So leicht geht das aber nicht. Wir müssen warten, bis jemand vom Jugendamt hier ist, jeden Moment müsste jemand eintreffen.«

Nadine öffnete ihre Tasche und zog einen Brief heraus. »Das ist ein Gerichtsurteil«, sagte sie. »Es wurde bereits darüber entschieden, dass der Junge, sobald er abgestillt ist, zu Alexander und mir kommt.«

Ich nickte. Nadine war überzeugt, dass Anne Alex vorsätzlich umgebracht habe. Doch die ermittelnde Kriminalpolizei konnte diesen Verdacht bisher nicht erhärten. Vor allem die Frage, woher Anne das Gift gehabt haben soll, blieb ungeklärt. Anne war im Januar buchstäblich nackt in die Klinik eingeliefert worden. Zudem wurde vor jedem Besuchertermin eine Leibesvisitation durchgeführt. Die Getränke wurden von einer Schwester zubereitet. Die einzige Möglichkeit war, dass Alex die Tabletten mitbrachte und sie Anne gab. Doch hätte er dann selbst eine genommen? Alexander Marquard hattesich in den letzten Monaten stark verändert, er war psychisch instabil gewesen. Hatte er sich etwa selbst umgebracht?

Es klopfte. Justus betrat den Raum, sprach beruhigend auf Frau Marquard ein und stellte die Dame im grauen Kleid vor, die auf der Türschwelle wartete. »Das ist Frau Lublinski vom Jugendamt. Sie wird darüber entscheiden, was mit dem Kleinen geschieht.«

»Ich bin die Adoptivmutter«, stellte sich Nadine vor. »Ich bin Hebamme.«

Frau Lublinski nickte anerkennend.

»Kann ich das Kind jetzt sehen?«, fragte Nadine sanft. »Wo ist es überhaupt? Das hier ist doch«, sie deutete auf die vergitterten Fenster, »kein Ort für ein Kind.«

Justus versprach, als er sich verabschiedete, Schwester Ingrid Bescheid zu geben. Wenig später brachte sie ein brüllendes Kind.

Nadine nahm es in Empfang. Sie legte das Kind auf ihren Unterarm und wiegte es hin und her. Augenblicklich wurde es still; triumphierend blickte sie uns an.

»Muss ich eigentlich davon ausgehen, dass das Kind erblich vorbelastet ist?«, fragte sie.

»Wie meinen Sie das?«

»Naja. Anne war ja verrückt, und ich möchte wissen, ob das erblich ist.«

»Nein«, sagte ich und betrachtete den Kleinen

liebevoll.«Genetische Faktoren und organische Ursachen können wir in diesem Fall ausschließen.« Tränen traten mir in die Augen. In letzter Zeit passierte mir das öfters.

Die menschliche Psyche war doch ein Teufelswerk. Fast fünfzehn Jahre habe ich versucht, die Weichen in eine andere Richtung zu stellen, ich habe an tausend kleinen Rädchen gedreht, um das zu ändern, was Anne immer »ihr Schicksal« genannt hatte. Plötzlich kam ich mir klein und unbedeutend vor angesichts eines Gottes, der ein grausames Spiel mit uns spielte.

»Der Junge braucht vor allem eins«, räusperte ich mich: »Liebe.«

Zum Abschied lächelte Nadine mir zu.

Leise schloss ich die Tür. Mein Blick ruhte auf dem verzierten Handgriff, der noch aus der Gründerzeit zu stammen schien. Gedankenverloren fuhr ich mit dem Fahrstuhl eine Etage tiefer in die Cafeteria und holte mir eine Tasse Kaffee. Ich setzte mich an einen leeren Tisch und begann, in Annes Tagebuch zu lesen.

Zehn Minuten später stand ich wieder auf. Ich ging zu der Glasfront und blickte auf den Parkplatz hinab. Unten stand ein großer, schwarzer Mercedes. Vor zwei Jahren habe ich mich dazu hinreißen lassen, dieses für Berlin viel zu große Auto zu kaufen. Wenn Anne mich zu Hause in

Charlottenburg besucht hatte, stand es meistens vor dem Eingang.

Jetzt wurde mir klar, dass Sylvia nicht die einzige Projektion von Anne gewesen war. Anne hatte auch mich – die Seite an mir, die sie für bedrohlich hielt – in den Taxifahrer projiziert, der sie damals zum Flughafen Tegel gefahren hatte. Am Morgen des 24. Dezembers. Während der letzten Monate hatte sie in der Klinik sogar mehrmals davon gesprochen, dass sie Angst vor diesem Fahrer gehabt habe, den sie detailliert als eine Charon-Figur beschrieb: als den düsteren, greisen Fährmann aus der griechischen Mythologie, der die Menschen für einen Obolus ins Reich der Toten fuhr.

Ich setzte mich wieder. Aus Versehen stieß ich den Kaffeebecher um, die braune Flüssigkeit ergoss sich über den Tisch und tropfte auf meine weiße Hose. Ich blieb sitzen. Es erschütterte mich tief, dass Anne so empfunden hatte: Ich habe sie zum Flughafen gefahren. In den Tod.

Am Freitag, den 20. Dezember, war sie zuletzt bei mir gewesen, vier Tage später flog sie über die Feiertage nach Süddeutschland. Als sie mich dann am 27. anrief und meinte, schwanger zu sein, habe ich ihr das Rezept für die *Pille danach* gefaxt. Das war ja auch in Annes Interesse, dachte ich. Aber sie sei sich sicher, erklärte sie mir später, dass das Kind von Alex war. Selbst Nadine hat diesen Umstand nie angezweifelt.

Ein Mann am gegenüberliegenden Tisch starrte mich an. Es war mir egal. Mit den Tränen stieg auch ein Lächeln in mir auf: Das Letzte, was ich sah, bevor ich die Tür mit dem verschnörkelten Handgriff zuzog, war Anne gewesen. Anne, die mir zulächelte, das Kind auf ihrem Arm. Ich hätte es ihr so gegönnt.

Personenliste

Anne Steiner
38 Jahre, Hebamme an der Charité mit schwarzen Löchern in ihrer Vergangenheit. Als sie Alex trifft, scheint sich ihr Leben zum Guten zu wenden.

Dr. Alexander Marquard
43 Jahre, Chirurg, Annes Verlobter. Spross einer angesehenen Ärztefamilie. Tut alles, um Anne glücklich zu machen, und noch viel mehr.

Christa Marquard
68 Jahre, Alexanders Mutter, ist schwer zu durchschauen. Der schmerzliche Zug in ihrem Gesicht macht sie zu einer schönen Frau. Ihre Kinder trauen ihr alles zu.

Prof. Dr. Friedrich Marquard
72 Jahre, Alexanders Vater, Chefarzt im Ruhestand, ist eloquent und herzlich, auch wenn sein Ohrläppchen nicht ins Bild passt.

Hendrik Marquard
37 Jahre, Bruder von Alexander, fällt regelmäßig aus der Rolle des vertrauenswürdigen Apothekers.

Daniela Wächter
68 Jahre, Leiterin der Hebammen an der Frauenklinik in Dresden, fand am Freitag, den 13. Dezember, einen grausigen Tod durch Ersticken.

Dr. Samuel Frey
52 Jahre, seit über zehn Jahren Annes Psychotherapeut und »Stimme« in ihrem Kopf, die vieles erklärt, was sonst im Dunkeln bleiben würde.

Nadine Schaller
29 Jahre, Hebamme an der Charité, Freundin von Anne, sagt Dinge, die niemand hören möchte.

Karl Anton Jäger
72 Jahre, ein Freund der Familie Marquard, der sich nicht nur um die Pferde kümmert.

Dr. Lars Jordan
51 Jahre, ehemaliger Assistenzarzt von Friedrich Marquard, seit 2005 selbstständig mit einer Fruchtbarkeits-Klinik in Karlsruhe.

Gerd Engler
56 Jahre, leitender Kriminaldirektor der Polizeidirektion Sigmaringen. Anfangs besteht Unsicherheit, ob er ein strategischer Meister seines Berufs oder doch nur ein Trottel ist.

Andrea Steiner
Mutter von Anne, starb mit 62 Jahren an enttäuschter Liebe, auch wenn die offizielle Diagnose Lungenkrebs lautet.

Tim Satchmore
genaues Alter unbekannt, Annes erster Mann, ein blasser Engländer, der aus der Nähe von Stratford-upon-Avon stammt, der Geburtsstadt von William Shakespeare.

## Rezept Aprikosenplätzchen

Mürbeteig:

150 Gramm Mehl
1 Teelöffel Backpulver
75 Gramm Puderzucker
1 Ei
1 Prise Salz
50 Gramm Butter

Alle Zutaten zu einem Mürbeteig verkneten und dünn auf ein gefettetes Backblech streichen. (Je dünner der Teig auf das Blech kommt, desto besser, ich habe es schon mit Hilfsmitteln wie Klarsichtfolie, nassen Händen oder Mehl versucht, trotzdem schaffe ich es meist nie, das ganze Blech mit dem Teig zu bedecken. Kleine Löcher im Teig sind nicht so schlimm, da das Ganze beim Backen mit der Nussmasse noch stabilisiert wird.)

Belag 1:

250 Gramm Aprikosenkonfitüre auf den Teig streichen.

Belag 2:
Die Butter-Zucker-Nuss-Masse

100 Gramm Butter
100 Gramm Zucker
2 Esslöffel Cointreau oder Rum
200 Gramm gehackte Haselnüsse

Butter und Zucker in einem Topf gemeinsam erhitzen. Alkohol und Haselnüsse hinzufügen. Die abgekühlte Masse auf den mit Marmelade bestrichenen Mürbeteig geben. Bei 175 Grad (Umluft) ca. 30 min. backen. Abkühlen lassen, aber noch warm in Streifen oder kleine Dreiecke schneiden.

Belag 3:

100 Gramm dunkle Kuvertüre

Ein Ende oder eine Ecke der ausgekühlten Plätzchen in die geschmolzene Kuvertüre tunken. Danach am besten auf ein Gitter legen, sonst bekommt man Schokotatzen.

## Dank

Für die vielen guten Anmerkungen und Hinweise, die *Schneekind* nochmal verbessert haben, danke ich dem Lektor dieser Ausgabe Ulrich Maximilian Schumann. Roxana und Hans Peter Gruber danke ich für unsere Freundschaft, aus der auch die Idee für diese Neuausgabe meines Weihnachtskrimis *Schneekind* erwuchs.

Das Rezept der Aprikosenplätzchen stammt von meiner Freundin Julia, die es von ihrer Mutter Isolde hat. Dort gibt es seit jeher die besten Weihnachtsplätzchen. Ich danke ihnen herzlich dafür.

Ich danke Martin Robben für den Hinweis zur Geschichte der Hohenzollern, die Alexander Marquard bei der Frage, wer das deutsche Kaiserhaus hervorbrachte, zugunsten der schwäbischen Linie leicht beschönigte.

Ich danke J. Laplanche und J.-B. Pontalis für ihr immer noch hilfreiches *Vokabular der Psychoanalyse*, Frankfurt am Main: Suhrkamp Verlag 1973. Dank geht auch an Sigmund Freud, unter anderem für die Studie *Triebe und Triebschicksale* (1915) aus der *Psychologie des Unbewußten*, Frankfurt am Main: Fischer Verlag 1975.

Die Orte, an denen dieser Roman spielt, sind real. Auch das Anwesen der Familie Marquard – das fiktive Schloss Albstein – wurde inspiriert durch einen wirklichen Ort, das Schloss Baelchenstein in Sigmaringen. Die Namen, Figuren und Handlungen dieses Romans habe ich mir jedoch alle ausgedacht. Sie haben nichts mit den Menschen zu tun, die an diesen Orten leben.

IMPRESSUM

Silke Nowak: Schneekind
Neuauflage, 2018

Alle Rechte vorbehalten. Kein Teil dieser Publikation darf in irgendeiner Form oder in irgendeinem Medium ohne Genehmigung des Verlags reproduziert oder verwendet werden, weder in technischen noch in elektronischen Medien, eingeschlossen Photokopien, digitale Bearbeitung, Speicherung etc.

Ein Titeldatensatz für diese Publikation ist bei der Deutschen Nationalbibliothek erhältlich. Sie verzeichnet die Publikation in der Deutschen Nationalbibliographie; detaillierte bibliographische Daten sind im Internet über http://dnb.ddb.de abrufbar.

Gestaltung und Lektorat: Ulrich Maximilian Schumann
Druck und Bindung: ScandinavianBook
Autorenphotographie: Jehle & Will, Ravensburg
Titelbild unter Verwendung der Photographie »The Magic Crystal« von Gertrude Kaesebier, 1904, Reproduktion aus: Arthur James Anderson, »The artistic side of photography in theory and practice«, London 1910

ISBN 978-3-944258-09-6

© 2018 Triglyph Verlag UG (haftungsbeschränkt)
www,triglyph.de